# ŒUVRES

## COMPLÈTES

# DE WALTER SCOTT.

---

## ROMANS HISTORIQUES.

---

### TOME CINQUANTE-CINQUIÈME.

DE L'IMPRIMERIE D'AUGUSTE MAME, A ANGERS.

# LE PIRATE,

PAR

## SIR WALTER SCOTT,

TRADUIT DE L'ANGLAIS

PAR LE TRADUCTEUR DES ROMANS HISTORIQUES
DE SIR WALTER SCOTT.

« Tout en lui de la mer annonce les ravages. »
*La Tempête.* SHAKESPEARE.

## TOME QUATRIÈME.

## PARIS,

A LA LIBRAIRIE DE CHARLES GOSSELIN,
RUE DE SEINE, N.º 12.

LADVOCAT, LIBRAIRE,
PALAIS-ROYAL, GALERIE DE BOIS, N.º 195.

M. DCCC. XXII.

# LE PIRATE.

wwwwwwwwwwwwwwwwwwwwwwwwwwwwwwwwwwww

## CHAPITRE PREMIER.

« Tu me crois donc inscrit sur les registres du diable,
aussi -bien que toi et Falstaff , pour l'endurcissement et
l'impénitence ? Qu'on juge de l'homme par sa fin. »

*Henri IV*, *II.e partie.*

IL faut que nous passions maintenant des
îles Schetland dans les Orcades, et nous prions
nos lecteurs de vouloir bien nous suivre jusqu'aux ruines d'un édifice ancien, mais élégant, qu'on appelle le *Palais du Comte*. Les
restes, quoique dans un état de grande dilapi-
dation, en existent encore dans le voisinage
de la vénérable et massive église que la dé-
votion norwégienne a dédiée à saint Magnus
le martyr. Comme ce palais touche à celui
de l'évêque, lequel tombe pareillement en

4.                                              I

ruines, ces lieux font une vive impression sur l'imagination, en offrant des traces des changemens qui ont eu lieu dans le système politique et religieux, aux îles Orcades aussi bien que dans des contrées plus exposées à de pareilles révolutions. On pourroit, avec quelques modifications convenables, choisir plusieurs parties de ces bâtimens ruinés, comme des modèles d'habitations gothiques, pourvu que les architectes voulussent bien se contenter d'imiter ce qui est véritablement beau dans ce genre de construction, au lieu de faire un mélange des caprices de cet ordre d'architecture, en confondant au hasard les différens styles de construction civile, ecclésiastique et militaire de tous les siècles, et d'y ajouter des fantaisies et des combinaisons écloses de leur propre cerveau.

Le Palais du Comte couvre trois côtés d'un carré long, et paroît, même dans ses ruines, un édifice élégant, quoique massif; réunissant les caractères distinctifs des habitations des princes dans les siècles de la féodalité, c'est-à-dire la magnificence d'un palais et la force d'un château. Une grande salle à manger, communiquant avec les appartemens des tours, et ayant à chaque bout une immense cheminée, prouve l'hospitalité des anciens comtes des Orcades. De là on entre, presqu'à la manière moderne, dans un salon ou plutôt une galerie de même grandeur, d'où l'on passe également dans les chambres pratiquées dans des tourelles extérieures. Cette salle est éclairée par une grande fenêtre gothique qui en occupe toute une extrémité, et l'on y arrive par un grand et bel escalier divisé en trois paliers. Les ornemens et toutes les proportions de cet antique édifice sont aussi de fort bon goût; mais aujourd'hui personne n'en prenant soin, ces vestiges de la pompe et de la magnificence des anciens comtes qui se donnoient les airs et les licences de petits souverains, se dégradent de plus en plus, et ce bâtiment a considérablement souffert depuis l'époque à laquelle se passa notre histoire.

Les bras croisés et la tête baissée, le pirate Cleveland se promenoit à pas lents dans la salle que nous venons de décrire, et où il s'étoit rendu probablement parce qu'il espéroit y trouver une solitude complète. Ses vê-

temens n'étoient pas les mêmes que ceux
qu'il avoit dans les îles Schetland. Il portoit
une espèce d'uniforme richement galonné et
chargé de broderies. Un chapeau à plumet,
et une épée dont la garde étoit supérieure-
ment travaillée, compagnons fidèles, à cette
époque, de quiconque s'attribuoit le titre
de gentilhomme, annonçoient ses prétentions à cette qualité. Mais si son extérieur
avoit gagné, il ne paroissoit pas qu'on pût
en dire autant de sa santé. Il étoit pâle, il
avoit perdu le feu de ses yeux et la vivacité
de sa démarche, et sa physionomie annonçoit des chagrins d'esprit ou des souffrances
de corps, ou peut-être même un mélange de
ces deux maux.

Tandis qu'il se promenoit dans ce palais
ruiné, l'escalier fut gravi rapidement par un
jeune homme d'une taille svelte et légère,
qui sembloit avoir donné beaucoup de soin
à sa toilette, mais avec plus d'ostentation que
de goût ; ses manières offroient une affecta-
tion de l'air d'aisance auquel on reconnois-
soit les roués de cette époque ; et sa physionomie avoit une expression de vivacité
mêlée de quelque effronterie. Il entra dans

la salle et se présenta devant Cleveland, qui, se contentant de faire un léger mouvement de tête, enfonça son chapeau sur ses yeux, et continua, d'un air d'humeur, sa promenade solitaire.

L'étranger ajusta son chapeau, inclina la tête à son tour, prit du tabac, avec l'air d'un petit-maître, dans une boîte d'or, et en offrit à Cleveland en passant devant lui. Celui-ci l'ayant refusé avec froideur, sans prononcer un seul mot, il remit sa tabatière dans sa poche, croisa ses bras à son tour, s'arrêta devant lui, et parut considérer avec attention tous les mouvemens de celui dont il interrompoit la solitude.

Semblant s'impatienter d'être l'objet de cet examen, Cleveland s'arrêta à son tour, et s'écria d'un ton brusque : — Ne puis-je donc parvenir à jouir d'une demi-heure de tranquillité ? Que diable me voulez-vous ?

Je suis charmé que vous ayez parlé le premier, dit l'étranger d'un ton d'insouciance. J'avois résolu de savoir si vous êtes Clément Cleveland, ou seulement son esprit, car on dit que les esprits n'adressent

jamais la parole les premiers à ceux auxquels ils se montrent. Maintenant je suis
convaincu que c'est vous-même en chair et
en os. Vous avez découvert un endroit qui
conviendroit parfaitement à un hibou pour
s'y cacher en plein midi, ou à un esprit
pour s'y promener à la pâle lueur de la
lune, comme le dit le divin Shakespeare.

— Eh bien, dit Cleveland avec un air
d'humeur, voilà votre bordée de plaisanterie
lâchée; avez-vous à présent quelque chose
de sérieux à me dire?

— Je vous dirai très-sérieusement que je
crois que vous devez savoir que je suis votre ami.

— Je veux bien le supposer.

— C'est plus qu'une supposition. — Je
vous en ai donné des preuves; — je vous
en ai donné ici et ailleurs.

— Soit! je conviens que vous avez toujours été bon camarade. — Qu'en résulte-
t-il?

— Ah! Qu'en résulte-t-il? — Voilà une
singulière manière de faire des remercîmens.
— Savez-vous bien, capitaine, que c'est moi,
Benson, Barlowe, Dik Fletcher, et quelques

autres qui vous sommes attachés, qui avons
déterminé votre ancien camarade le capitaine Goffe à croiser dans ces parages pour
vous y chercher, tandis qu'Hawkins, la plus
grande partie de l'équipage, et le capitaine
lui-même auroient voulu faire voile pour la
nouvelle Espagne, afin d'y continuer notre
ancien métier ?

— Plût au ciel que vous vous fussiez occupés de vos affaires, et que vous m'eussiez
abandonné à ma destinée !

— Qui auroit été d'être dénoncé et pendu, la première fois qu'un de ces coquins
de Hollandais ou d'Anglais, que vous avez
débarrassés de leurs cargaisons, auroit jeté
les yeux sur vous ; et il n'existe pas dans
tout l'univers un endroit où l'on rencontre
plus de marins que dans ces îles. C'est pour
vous sauver d'un tel risque que nous avons
perdu un temps précieux dans ces parages ;
les habitans en sont devenus fort exigeans ;
et quand nous n'aurons plus ni marchandises à leur vendre, ni argent à dépenser
parmi eux, ils voudront jeter le grappin sur
le vaisseau.

— Et pourquoi donc ne partez-vous pas

sans moi ? Nous avons fait un partage équi-
table, chacun a eu sa part, que chacun fasse
comme bon lui semble. D'ailleurs j'ai perdu
mon vaisseau, et après avoir été capitaine, je
ne me mettrai pas en mer sous le commandement de Goffe ou de qui que ce soit. De plus
vous devez savoir qu'Hawkins et lui ne m'ont
jamais pardonné de les avoir empêchés de
couler à fond ce brick espagnol, avec les
pauvres diables de nègres qui étoient à bord.

— Que diable voulez-vous dire ? Etes-
vous Clément Cleveland, notre brave et intrépide capitaine ? Avez-vous peur d'Hawkins, de Goffe, et d'une vingtaine de pareils
coquins, quand vous êtes sûr d'être appuyé
par moi, par Barlow, par Dik Fletcher ?
Vous avons-nous jamais abandonné ; soit
dans le conseil, soit dans le combat ? Pourquoi supposez-vous que nous puissions vous
abandonner aujourd'hui ? Vous parlez de servir sous Goffe, mais est-ce donc une chose
nouvelle que de voir de braves gens qui ten-
tent la fortune, changer de capitaine ? Soyez
bien tranquille, c'est vous qui nous comman-
derez. Que le tonnerre m'écrase si je sers do-
rénavant sous ce coquin de Goffe ! Ce n'est

qu'un chien enragé. Il faut que mon capitaine ait quelque chose qui sente le gentilhomme. D'ailleurs vous savez que c'est vous qui m'avez trempé les mains dans l'eau salée, et qui, de comédien ambulant sur terre, m'avez fait devenir écumeur de mer.

— Hélas! mon pauvre Bunce, c'est un service pour lequel vous ne me devez pas de grands remercîmens.

— C'est selon que vous l'entendez. Quant à moi, je ne vois pas plus de mal à lever des contributions sur le public d'une manière que de l'autre. Mais je vous ai déjà prié d'oublier ce nom de Bunce, et de m'appeler Altamont. Il me semble qu'un homme qui fait notre métier a le droit de se choisir un nom tout aussi-bien qu'un comédien ambulant; et jamais je n'ai monté sur les planches sans porter tout au moins celui d'Altamont.

— Eh bien soit, Jack Altamont, puisque Altamont est celui....

— Oui, capitaine, Altamont, bien! Mais Jack n'est pas un prénom convenable.—Jack Altamont! c'est un habit de velours avec un galon de papier doré.—Prenons Frédéric, capitaine. Frédéric et Altamont iront parfaitement ensemble.

— De tout mon cœur. Mais, dites-moi, lequel de ces noms sonnera le mieux quand on criera dans les rues. *Aveux et dernières paroles de Jack Bunce, autrement dit Frédéric Altamont, qui a été pendu ce matin pour avoir commis le crime de piraterie en pleine mer !*

— En conscience, capitaine, je ne puis répondre à cette question sans un verre de grog (1). Accompagnez-moi chez Bet Haldane sur le quai, et je réfléchirai à cette affaire, à l'aide de la meilleure eau-de-vie que vous ayez jamais goûtée. J'en ferai remplir un bol qui tient un gallon, et je connois quelques jolies filles qui nous aideront à le vider.

— Quoi! vous secouez la tête! vous n'êtes donc pas en train? Eh bien, je reste avec vous, car, de par cette main, Cleveland, vous ne m'échapperez pas. Mais je veux vous

---

(1) Breuvage composé d'eau mêlée avec de l'eau-de-vie, du rum, ou du génièvre.

( *Note du traducteur.* )

tirer de cet amas de vieilles pierres où vous êtes enterré comme un blaireau, et vous conduire en bon air et à la lumière du soleil. — Où irons-nous ?

— Où vous voudrez, pourvu que nous n'y rencontrions aucun de nos drôles, ni même qui que ce soit.

— Eh bien, allons sur la montagne de Whiteford qui domine sur la ville, nous nous y promenerons aussi gravement et aussi honnêtement qu'une paire de procureurs bien occupés.

Comme ils sortoient du château ruiné, Bunce se retourna pour le considérer. — Savez-vous quel a été le dernier oiseau qui a chanté dans cette vieille cage ? demanda-t-il à son compagnon.

— Un comte des Orcades, à ce qu'on assure, répondit Cleveland.

— Et savez-vous quel a été son genre de mort ? J'ai entendu dire qu'il est mort d'une fièvre causée par une cravatte de chanvre trop serrée.

— On dit ici que sa seigneurie, il y a

quelques centaines d'années, eut le malheur de faire connoissance avec un nœud coulant, et d'apprendre à faire un saut en l'air.

— Eh bien, il y avoit quelque honneur, dans ce temps-là, à être pendu en compagnie si respectable. — Et qu'avoit fait sa seigneurie pour mériter une situation si élevée ?

— Il avoit pillé, blessé, tué les féaux et fidèles sujets de sa majesté.

— Une espèce de corsaire, s'écria Bunce ; c'étoit donc presque un des nôtres ; et faisant à l'édifice ruiné un salut respectueux d'un air théâtral : Très-puissant, très-grave et très-vénérable seigneur comte, ajouta-t-il, permettez-moi de vous appeler mon cher cousin, et de vous faire un adieu cordial ; je vous laisse en bonne compagnie avec les souris et les rats, et j'emmène avec moi un honnête homme qui, depuis un certain temps, n'ayant pas plus de cœur qu'une souris, voudroit quitter sa profession et fuir ses amis comme un rat, et qui par conséquent seroit un digne habitant de votre antique palais.

— Mon cher ami Frédéric Altamont ou

Jack Bunce, je vous conseille de ne pas
avoir le verbe si élevé. Quand vous étiez
sur les tréteaux vous pouviez crier aussi haut
que bon vous sembloit, mais dans votre profession actuelle, qui a pour vous tant de
charmes, on ne doit jamais parler qu'avec la
crainte de la grande vergue et du nœud coulant devant les yeux.

Les deux amis sortirent en silence de la
petite ville de Kirkwall, et gravirent la montagne de Whiteford, dont la cime aride et
stérile s'élève au nord de l'ancien Burgh de
Saint-Magnus. La plaine située au pied de
cette montagne étoit déjà remplie d'une foule
de gens qui y faisoient des préparatifs pour
la foire de Saint-Olla, qui devoit avoir lieu
le lendemain, et qui est le rendez-vous des
habitans de toutes les Orcades, et même d'un
grand nombre de personnes qui y viennent
de l'archipel plus éloigné des îles Schetland.
C'est, pour nous servir des termes de la proclamation d'usage, — une foire et un franc
marché tenu dans le bon bourg de Kirkwall, le
3 août, jour de St.-Olla.— Cette foire se continue ensuite pendant un temps indéterminé,
de trois jours à une semaine, et quelquefois

davantage. Elle remonte à une grande antiquité, et tire son nom d'Olaüs, Olave, ou
Ollaw, célèbre roi de Norwége, qui intro-
duisit le christianisme dans ces îles par la
force du glaive plutôt que par des argumens
d'une douceur persuasive, et qui étoit res-
pecté comme patron de Kirkwall avant qu'il
partageât cet honneur avec saint Magnus.

Cleveland n'avoit nullement envie de se
mêler dans la scène bruyante qu'il avoit sous
les yeux, et les deux compagnons, faisant
un détour sur la gauche pour gravir la montagne, se trouvèrent bientôt dans une solitude absolue, si ce n'est qu'ils voyoient souvent partir devant eux quelque compagnie
de coqs de bruyère, dont le nombre est
peut-être plus considérable dans les Orcades
que dans aucune autre partie des domaines
britanniques. Ayant continué à monter
jusqu'à ce qu'ils eussent presque atteint le
sommet de cette montagne de forme conique
tous deux se retournèrent comme d'un commun accord, pour jouir de la vue qui s'ou-
vroit au-dessous d'eux.

Les diverses occupations auxquelles on se

...roit dans la plaine située entre la ville et
le pied de la montagne animoient cette partie de la scène et y jetoient de la variété.
Plus loin on voyoit la ville, du sein de laquelle s'élevoit, comme une grande masse
qui sembloit plus considérable que tout le
reste de la cité, l'antique cathédrale de Saint-
Magnus, de l'ordre le moins élégant de l'architecture gothique, mais qui offroit pourtant un monument imposant, solennel et
majestueux, ouvrage d'un siècle bien éloigné et d'une main habile. Le quai et les bâtimens qui s'y trouvoient donnoient une nouvelle vie à cette scène ; et non-seulement
toute la belle baie, située entre les promon-
toires d'Inganes et de Quanterness, au fond
de laquelle Kirkwall est situé, mais toute la
mer, aussi loin qu'on pouvoit la voir, et no-
tamment tout le détroit qui sépare l'île de
Shapinsha de celle de Pomone, qui est la plus
grande des Orcades, étoient couverts d'une
multitude de barques et de petits bâtimens
de toute espèce qui arrivoient de différentes
îles pour amener des passagers ou apporter
des marchandises à la foire de Saint-Olla.

Étant arrivés au point d'où l'on dominoit

parfaitement sur toute cette scène, les de
étrangers, suivant l'usage des marins, eure
recours à leur lunette d'approche pour aid
leurs yeux à considérer la baie de Kirkw
et les nombreux bâtimens qui s'y trouvoien
Mais l'attention de chacun d'eux semblo
fixée sur un objet différent. Celle de Bunc
ou d'Altamont, comme il préféroit s'appele
étoit complètement accaparée par le sloo
armé qui, remarquable par son port supé
rieur et par le pavillon anglais qu'on avo
eu soin d'arborer, étoit à l'ancre parmi le
bâtimens marchands, et s'en distinguoit pa
le bon état et l'excellente tenue de tous se
agrès, comme on remarque un soldat vété
ran au milieu d'une troupe de recrues.

— Le voilà, dit Bunce; plût à Dieu
qu'il fût dans la baie d'Honduras, que vou
en fussiez le capitaine, que je fusse votre
lieutenant, que Fletcher fût votre quartier
maître, et que nous eussions avec nous une
cinquantaine de braves garçons! Il se passe-
roit bien du temps avant que je désirasse revoir ces bruyères rabougries et ces vilains
rochers. Et vous serez notre capitaine. —
Cette vieille brute de Goffe se soûle tous les

jours comme s'il étoit un lord; fait blanc de son épée; attaque les hommes de son propre équipage, le sabre ou le pistolet à la main; il a eu de si abominables querelles avec les habitans, qu'à peine veulent-ils apporter de l'eau et des vivres à bord, et nous nous attendons à une rupture ouverte un de ces jours.

Bunce, ne recevant aucune réponse de son compagnon, se tourna tout à coup vers lui, et voyant son attention dirigée d'un autre côté : — Que diable avez-vous donc ? s'écria-t-il ; quel charme trouvez-vous dans cette misérable petite barque qui n'est chargée que de stockfisch, de poisson salé, d'oies fumées, et de barils de beurre pire que du suif ? Toute la cargaison n'en vaudroit pas l'amorce d'un pistolet. Non, non; donnez-moi à chasser un bâtiment espagnol! que j'aperçoive du haut du grand mât, à la hauteur de l'île de la Trinité, *le Don* tirant de l'eau autant qu'une baleine, pesamment chargé de rum, de sucre, de tabac, de lingots d'argent, de poudre d'or ! Alors, toutes voiles au vent, débarrassez le tillac, chacun

sous les armes, arborez le *Jolly-Roger* (1)
Nous en approchons, nous voyons que l'é-
quipage est nombreux, qu'il est bien armé....

— Vingt canons sur le pont, dit Cleveland.

— Quarante, si vous voulez, répliqua
Bunce, et nous n'en avons que dix, mais
qu'importe? — *Le Don* lâche sa bordée. —
Moquez-vous-en, camarades, placez-vous
bord à bord; maintenant à l'abordage, —
C'est cela! A l'ouvrage à présent; faites jouer
les grenades, les pistolets, les haches, les
sabres. — *Le Don* crie miséricorde, et nous
le déchargeons de sa cargaison sans lui en
demander la permission.

— Sur mon honneur, dit Cleveland
vous prenez le métier si à cœur, que chacun
conviendra que, quand vous vous êtes fait
pirate, la société n'a pas éprouvé une grande
perte. Mais vous ne me déterminez pas à
marcher plus long-temps avec vous sur une

(1) Nom que donnoient alors les pirates au pavillon
noir qu'ils arboroient pour intimider ceux qu'ils atta-
quoient.

route qui a été tracée par le diable. Vous savez vous-même que ce qu'il donne ne profite pas. Au bout d'une semaine ou d'un mois, il n'y a plus ni sucre ni rum, le tabac s'est réduit en fumée, les lingots d'argent et la poudre d'or ont passé de nos mains en celles de ces gens honnêtes et consciencieux qui demeurent à Port-Royal et en d'autres endroits, qui ferment les yeux sur notre commerce tant que nous avons de l'argent, et qui deviennent des yeux quand nous n'en avons plus. Alors on ne nous fait plus qu'un froid accueil, et il arrive même quelquefois qu'on donne un avis secret au juge prévôtal; car quand nos poches sont vides, ces bons amis, plutôt que de se passer d'argent, cherchent à s'en procurer aux dépens de nos têtes. Alors viennent le gibet et le licou, et ainsi finit le gentilhomme pirate. — Je veux quitter ce métier, je vous le dis. Quand je porte les yeux d'une de ces barques à l'autre, je consentirois à ramer toute ma vie sur la plus mauvaise, plutôt que de continuer à être ce que j'ai été. Ces bonnes gens ne vont sur la mer que pour y chercher des moyens honnêtes de subsistance, et pour ouvrir une

communication amiable d'une île à l'autre
pour l'utilité mutuelle de leurs habitans, et
nous, nous ne la traversons que pour ruiner
les autres, et nous perdre nous-mêmes dans
ce monde et dans l'éternité. — Je ne veux
plus mener une pareille vie; je suis déterminé à devenir honnête homme.

— Et où votre honnêteté fixera-t-elle son
domicile, s'il vous plaît? lui demanda Bunce.
Vous avez enfreint les lois de toutes les na-
tions, et la main de la justice vous saisira
et vous anéantira partout où vous croirez
trouver un refuge. — Cleveland, je vous
parle plus sérieusement que je n'ai coutume
de le faire. J'ai aussi fait des réflexions; et
quoiqu'elles n'aient duré que quelques minutes, elles ont été assez amères pour em-
poisonner des semaines entières de plaisir.—
Mais voici le point; à moins que nous n'ayons
envie de servir d'ornement à quelque four-
che patibulaire, quel parti pouvons-nous
prendre, sinon celui de continuer à vivre
comme nous avons vécu jusqu'ici?

—Nous pouvons, répondit Cleveland, réclamer le bénéfice de la proclamation qui

été faite en faveur des hommes de notre profession qui y renoncent et se livrent volontairement.

—Oui! répondit son compagnon d'un ton sec; l'époque du temps de grâce est déjà passée depuis quelque temps; et l'on peut aujourd'hui punir ou pardonner à volonté. Si j'étois à votre place, je ne mettrois pas ainsi mon cou à l'aventure.

—Il en est qui ont obtenu leur grâce tout récemment, répliqua Cleveland; pourquoi serois-je plus malheureux?

— Il est vrai, on a épargné Harry Glasby et quelques autres; mais Glasby s'étoit rendu ce qu'on appelle utile; il avoit trahi ses camarades; il avoit aidé à reprendre *la Fortune*, et c'est ce que vous ne voudriez pas faire; non, pas même pour vous venger de cette brute de Goffe.

— J'aimerois mieux mourir mille fois, s'écria Cleveland.

— J'en ferois serment. — Quant aux autres, ce n'étoient que des hommes d'équipage, des coquins valant à peine la corde qui les auroit pendus. Mais votre nom a

fait trop de bruit pour que vous puissiez
vous tirer d'affaire si aisément. Vous êtes le
chef du troupeau, et vous serez marqué en
conséquence.

— Et pourquoi, je vous prie ? vous savez
assez comme je me suis toujours conduit,
Jack.

— Frédéric, s'il vous plaît.

— Au diable ta folie ! Fais trêve d'esprit,
et parlons sérieusement.

— Pour un moment, soit ; car je sens
l'esprit d'Altamont qui s'empare de moi. Voilà déjà dix minutes que je parle en homme
grave.

— Eh bien, tâchez de l'être encore quel-
ques-unes de plus. — Je sais, Jack, que
vous m'êtes véritablement attaché; et puisque
j'ai entamé ce sujet, je me confierai à vous
entièrement. Dites-moi donc pourquoi on
me refuseroit le bénéfice de cette bienheu-
reuse proclamation ? J'ai pris un extérieur
dur, comme vous le savez; mais en cas de
besoin, je pourrois prouver à combien de
personnes j'ai sauvé la vie; combien de fois
j'ai fait rendre aux propriétaires des mar-

chandises que, sans mon intercession, on
auroit détruites pour le seul plaisir de mal
faire. En un mot, Bunce, je puis prouver...

— Que vous êtes un brigand aussi honnête que Robin Hood même; et c'est pour
cela que Fletcher, moi et ceux d'entre nous
qui ne sont pas tout-à-fait des vauriens, nous
vous sommes sincèrement attachés, parce
que vous empêchez qu'un caractère absolu de
réprobation ne s'attache au nom de pirate.

— Eh bien, supposons que votre pardon
vous soit accordé : que deviendrez-vous ensuite ? quelle classe de la société voudra vous
recevoir ? où pourrez-vous trouver des amis ?
Drake, sous Elisabeth, a pillé le Mexique et
le Pérou, sans avoir seulement une lettre de
marque à montrer, et, bénie soit la mémoire de cette reine ! elle l'a fait chevalier
à son retour. Dans le temps du joyeux roi
Charles, le Gallois Hal Morgan a rapporté
chez lui tout ce qu'il avoit gagné sur mer, a
acheté un domaine, un château ; et qui l'a
jamais inquiété ? Mais ce n'est plus la même
chose aujourd'hui. Soyez pirate un jour, et
vous êtes proscrit à jamais. Le pauvre diable
peut aller vivre dans quelque port bien obs-

cur, évité et méprisé par tout le monde
avec la portion de ses épargnes que la justice
veut bien lui laisser, car un pardon ne se
scelle pas pour rien ; et quand il va se promener sur la jetée, si un étranger demande
quel est cet homme à teint basané, qui
marche les yeux baissés, d'un air mélancolique, à qui tout le monde fait place comme
s'il avoit la peste, on lui répond, c'est un
tel, le pirate amnistié. Pas un homme honnête ne lui parlera ; pas une femme ayant une
bonne réputation ne lui accordera sa main.

— Le coloris de votre tableau est forcé,
Jack, s'écria Cleveland en interrompant
son ami ; il y a des femmes, — il y en a
une au moins, qui seroit fidèle à son amant,
quand même il réuniroit tous les traits de
votre descri ion.

Bunce garda le silence un moment, et resta
les yeux fixés sur son ami. — Sur mon âme,
dit-il enfin, je commence à croire que je suis
sorcier. Quelque peu vraisemblable que cela
fût, je n'ai pu m'empêcher, dès le commencement, de soupçonner qu'il y avoit une fille
dans cette affaire. C'est, ma foi, pire que le
ince Volcius amoureux. Ha ! ha ! ha !

— Riez tant qu'il vous plaira, c'est la vété. Il existe une jeune personne qui daigne
m'aimer, tout pirate que je suis ; et je vous
l'avouerai franchement, Jack, quoique j'aie
bien des fois maudit notre vie de dépréda-
tion, et que je me sois détesté moi-même
pour l'avoir embrassée, je doute que j'eusse
jamais eu assez de courage pour exécuter la
résolution que j'ai prise, sans l'espoir de
mériter celle que j'aime.

— Les choses étant ainsi, il est inutile
de parler raison à un homme qui a perdu
l'esprit. L'amour dans notre métier, capitaine, n'est autre chose que de la folie. Il
faut que cette fille soit une créature d'une
espèce rare, pour qu'un homme sage risque
de se faire pendre pour ses beaux yeux
Mais, dites-moi donc, son esprit n'est-il pas
en voyage comme le vôtre ? N'y a-t-il pas
à cet égard une sorte de sympathie entre
vous ? Car je suppose que ce n'est pas une
de ces belles qui font profession de nous
charmer, et que nous aimons tant que cela
nous convient. C'est sans doute une fille
d'une conduite exemplaire, d'une réputation sans tache ?

4.                                    2

— C'est la créature la plus vertueuse, comme la plus belle, qu'un œil mortel ait jamais aperçue.

—Et elle vous aime, noble capitaine, sachant que vous êtes à la tête d'une troupe de ces gentilshommes de fortune que le vulgaire nomme pirates ?

— Oui ; j'en suis assuré.

— En ce cas, elle est décidément folle, comme je le disois tout à l'heure, ou elle ne sait pas ce que c'est qu'un pirate.

— Vous avez raison sur ce dernier point. Elle a été élevée dans la retraite avec tant de simplicité, dans une ignorance si complète du mal, qu'elle compare notre occupation à celle des anciens Norses qui couvroient la mer de leurs galères victorieuses, fondoient des colonies, conquéroient des royaumes, et prenoient le titre de rois de la mer.

— C'en est un qui sonne mieux que celui de pirate ; mais j'ose dire qu'au fond c'est à peu près la même chose. — Cette fille doit être une vigoureuse commère. Pourquoi ne pas l'amener à bord ? Pourquoi ne pas lui passer cette fantaisie ?

— Croyez-vous donc que je veuille jouer le rôle d'un esprit de ténèbres au point de profiter de son erreur et de son enthousiasme pour conduire un ange de beauté et d'innocence dans un enfer semblable à celui qui existe, comme vous le savez, à bord de notre infâme bâtiment? Je vous dis, mon cher ami, que, quand le poids de toutes mes autres fautes seroit doublé, elles ne péseroient pas une plume en comparaison d'un tel acte de scélératesse.

— Eh bien donc, capitaine, il me semble que vous avez fait une folie en venant dans les Orcades. Quelque jour la nouvelle se répandra que le navire *la Revanche*, commandé par le fameux pirate Cleveland, s'est brisé sur les rochers de Main-Land, et y a péri corps et biens. Vous auriez donc pu y rester ignoré de vos amis et de vos ennemis, épouser votre jolie Schetlandaise, changer votre écharpe en filet et votre épée en harpon, et chercher à pêcher en pleine mer, non des piastres, mais des poissons.

— Et tel étoit mon dessein; mais un misérable colporteur, — un coquin de mar-

chand forain, se mêlant de tout ce qui ne le
concerne en rien, a apporté dans les îles
Schetland la nouvelle de votre arrivée ici,
et je me suis trouvé obligé de partir pour
voir si c'étoit véritablement le second navire dont j'avois déjà parlé avant d'avoir
pris la résolution de renoncer au métier.

—. Au fond, je crois que vous avez bien
fait; car, comme vous avez appris à Main-
Land notre arrivée à Kirkwall, de même
nous aurions bientôt connu votre séjour
dans les îles Schetland; et quelques-uns de
nous, les uns par amitié, les autres par haine,
plusieurs peut-être de crainte que vous
n'eussiez la fantaisie de jouer le rôle d'Harry
Glasby, n'auroient pas manqué de s'y transporter pour vous ramener parmi nous.

— Je m'y attendois, et c'est ce qui m'a
décidé à refuser l'offre obligeante que m'a-
voit faite un ami de m'amener ici à cette
époque. Mais, indépendamment de cette
raison, Jack, je me suis souvenu que le
scel de mon pardon coûtera quelque argent,
comme vous le disiez tout à l'heure, et mes
fonds étant bas, car, comme vous le savez,

l'avarice n'a jamais été mon défaut, j'ai
voulu.....

— Venir chercher votre part du gâteau.

— Vous avez bien fait, et vous la trouverez ;
car, il faut en convenir, Goffe a agi honora-
blement en cela, et il a exécuté nos conven-
tions. Mais qu'il ne soupçonne rien de votre
dessein de nous quitter, car je craindrois
qu'il ne vous jouât quelque tour. Il se
regardoit comme sûr de la part qui vous appartient ; il vous croyoit mort, et il aura
de la peine à vous pardonner d'être ressus-
cité pour venir la réclamer.

Je ne le crains pas, s'écria Cleveland, et
il le sait fort bien. Je voudrois n'avoir pas
plus à redouter les conséquences des rela-
tions que nous avons eues ensemble, que je
ne crains celles de sa malveillance. Mais une
autre circonstance me cause quelques alarmes. Dans une malheureuse querelle qui eut
lieu pendant la nuit qui précéda mon départ
de Main-Land, je blessai un jeune homme
qui a été mon tourment depuis que je suis
dans ce pays.

Est-il mort ? lui demanda Bunce. Cette
question est plus sérieuse ici que dans les îles

Bahama, où l'on peut coucher par terre, dans la matinée, une ou deux couples d'impertinens, sans que personne y songe davantage que si c'étoient des pigeons ramiers. Mais ici c'est tout différent. J'espère donc que vous n'avez pas rendu à votre jeune ami le service de le rendre immortel.

— Je l'espère aussi, quoique ma colère ait été fatale à ceux qui m'en ont donné moins de cause. Cependant je dois avouer que j'en fus fâché pour ce jeune homme, d'autant plus que je me trouvai obligé de lui laisser la folie pour médecin.

— La folie pour médecin ! Que voulez-vous dire ?

— Je vais vous l'expliquer. D'abord il faut que vous sachiez que, tandis que je cherchois à attirer l'oreille de ma maîtresse, pour en obtenir un moment d'entretien avant mon départ, et lui expliquer mes projets, ce jeune homme survint près de moi. Or, me trouver interrompu en un pareil moment.....

— Cette interruption méritoit la mort par toutes les lois de l'amour et de l'honneur.

— Vous puisez sans doute cela dans quel-

ne comédie, Jack; mais trêve de plaisanterie, et écoutez-moi. Ce jeune homme, qui est
d'un caractère fort vif, jugea à propos de me
répondre quand je lui ordonnai de se retirer.
Vous savez que je ne suis pas doué d'une
grande patience. J'appuyai mon ordre d'un
coup bien appliqué; il me le rendit avec usure;
nous luttâmes quelques instans, et je pensai
enfin qu'il étoit temps de mettre fin au combat de quelque manière que ce fût, ce que je
ne pus faire que par un coup de poignard que,
suivant mon ancienne coutume, je porte toujours sur moi, comme vous le savez. A peine
l'eus-je frappé, que je m'en repentis; mais je
ne pouvois plus alors que songer à m'échapper et à me cacher, car si l'on s'étoit aperçu
dans la maison de ce qui venoit de se passer,
j'étois perdu. Le chef de la famille, vieillard
sévère et inflexible, m'auroit livré à la justice,
quand j'aurois été son frère. Je chargeai sur
mes épaules le corps de mon adversaire, et
je me rendis sur le bord de la mer, dans le
dessein de le jeter dans quelque précipice où
il auroit pu rester bien long-temps avant
qu'on l'y découvrît. Cela fait, j'avois intention de me mettre à bord de la barque que

j'avois louée pour me rendre à Kirkwall, et qui
m'attendoit près du rivage ; et de prendre
le large sur-le-champ ; mais comme j'arrivois
près du bord de la mer, j'entendis mon jeune
homme pousser un gémissement, ce qui m'apprit que le coup que je lui avois porté ne lui
avoit pas donné la mort. J'étois en ce moment
hors de la portée de tous les yeux, au milieu des
rochers ; mais, bien loin de songer à consom-
mer mon crime, je déposai par terre mon anta-
goniste, et je cherchai à étancher le sang qui
couloit de sa blessure : en ce moment une
vieille femme se présenta devant moi. Je l'a-
vois vue plusieurs fois dans cette île ; c'est
une femme à qui les naturels font l'honneur
de la regarder comme sorcière, de même que
celles que les nègres nomment *Oby*. Elle
m'ordonna de lui laisser le blessé, et le temps
me pressoit trop pour que j'hésitasse d'obéir
à cet ordre. Elle alloit m'en dire davantage,
quand nous entendîmes la voix d'un vieillard,
espèce d'original, ami de la famille, qui chan-
toit à quelque distance. Elle mit un doigt
sur ses lèvres, comme pour me recommander
le secret, siffla d'un ton fort bas, et aussitôt je
vis arriver près d'elle un nain difforme et hi-

deux, à l'aide duquel elle emporta le blessé dans une des cavernes dont il se trouve un grand nombre en cet endroit. Quant à moi, je gagnai la mer à la hâte, me jetai dans ma barque et mis à la voile. Si cette vieille coquine a réellement du crédit auprès du monarque des vents, comme on le prétend, il est constant qu'elle m'a joué un tour de son métier, car jamais aucun des *tornados* que nous avons essuyés ensemble dans les Indes occidentales ne m'a écarté de ma route autant que l'ouragan épouvantable qui se déclara immédiatement après mon départ. Si je n'avois eu par hasard sur moi une boussole de poche, jamais je n'aurois pu toucher à Belle-Ile, où je trouvai un brick qui me conduisit ici. Que la vieille femme me voulût du mal ou du bien, me voici donc bien en sûreté contre les périls de la mer, mais en proie à des inquiétudes, et tourmenté par des difficultés de plus d'une espèce. »

— Au diable soit le promontoire de Sumburgh, ou n'importe quel nom on donne au maudit rocher contre lequel vous avez brisé notre incomparable *Revanche!* »

— Ne parlez pas ainsi. Si les poltrons ne se fussent pas jetés dans leur barque, quoique je leur en démontrasse le danger, et que je les avertisse qu'ils seroient tous engloutis par les vagues, ce qui leur arriva avant qu'ils fussent à une portée de canon du bâtiment, *la Revanche* seroit encore à flot en ce moment. S'ils fussent restés avec moi, ils auroient sauvé leur vie et le vaisseau ; et si je les avois accompagnés , j'aurois péri avec eux. Qui peut dire ce qui auroit été le plus heureux pour moi ? »

— Et bien , je connois votre affaire maintenant, et il m'en sera plus facile de vous donner aide et conseil. Je vous serai fidèle, Cleveland, comme la lame l'est à la poignée. Mais je ne puis consentir que vous nous quittiez ; mon cœur saigneroit de cette séparation : quoi qu'il en soit, vous viendrez à bord aujourd'hui ?

— Je n'ai pas d'autre lieu de refuge , répondit Cleveland en soupirant.

Il jeta encore une fois les yeux sur la baie, dirigea sa lunette d'approche sur plusieurs

des barques qui flottoient sur sa surface, sans
douté dans l'espoir d'y découvrir Magnus
Troil, et descendit ensuite de la montagne
avec son compagnon.

~~~~~~~~~~~~~~~~~~~~~~~~~~~~~~~~~~~~~~~~~~

# CHAPITRE II.

*« Je suis comme un vaisseau que la marée entraine,*
*Et dont contre les flots la résistance est vaine,*
*Si quelque vent heureux ne vient à son secours.*
*De mes vices je veux triompher tous les jours,*
*Mais la tentation, mais mainte circonstance,*
*Mais l'habitude enfin gardent leur influence.*
*Sans un souffle du ciel, hélas ! dois-je espérer*
*Que mon foible vaisseau dans le port puisse entrer ?*

*Ancienne comédie. »*


CLEVELAND et son confident marchèrent quelques temps en silence. Ce fut Bunce qui le rompit le premier.

— Vous prenez trop à cœur la blessure de ce jeune drôle, capitaine ; je vous ai vu en faire plus et y penser moins.

— Jamais avec si peu de provocation, Jack. D'ailleurs il m'avoit sauvé la vie. Il est vrai que je lui avois rendu ensuite le même service ; mais n'importe, ce n'étoit pas ainsi que nous aurions dû nous rencontrer. J'espère que les talens de cette vieille femme lui seront utiles. Certainement elle a d'étranges connoissances en simples.

— En simples de plus d'une espèce, capitaine, et il faudra que je vous range dans cette classe, si vous pensez davantage à elle. Qu'une jeune fille vous ait fait tourner la tête, c'est le cas de plus d'un homme d'honneur ; mais vous remplir le cerveau des radotages d'une vieille femme ; c'est une folie trop complète pour qu'un ami puisse vous la permettre. Parlez-moi de votre Minna, puisque tel est son nom, tant que vous le voudrez ; mais vous n'avez pas le droit de rompre les oreilles de votre fidèle écuyer à propos d'une vieille sorcière. — Mais à présent que nous voilà revenus au milieu des tentes et des boutiques que ces bonnes gens préparent, voyons si nous n'y trouverons pas de quoi rire et nous amuser un moment. En Angleterre nous verrions en pareille occasion deux ou trois troupes de comédiens, autant de mangeurs de feu et de devins, et je ne sais combien de ménageries d'animaux étrangers : mais chez ces graves insulaires, tout est sérieux, on ne pense qu'à l'utile, je n'ai pas même la consolation d'entendre la voix glapissante de mon compère Polichinelle.

Tandis que Bunce parloit ainsi, Cleveland jeta les yeux sur une boutique décorée avec plus de soin que les autres, devant laquelle étoit placé en étalage un habit complet, remarquable par son élégance, avec quelques belles étoffes. Une grande enseigne, peinte sur toile, contenoit d'un côté le détail des marchandises que Bryce Snailsfoot y exposoit en vente, ainsi que le prix de chaque article; et de l'autre on voyoit l'image de nos premiers parens, couverts du vêtement qu'ils tirèrent du règne végétal pour couvrir leur nudité, et au-dessous on lisoit les vers suivans :

Des malheureux pécheurs que trompa le serpent,
De leur faute confus, de feuilles se couvrirent.
　　Vous ne pouvez en faire autant ;
　Car nos ilots jamais ne produisirent
　　Ni feuille, ni même arbrisseau.
Mais nous avons du chanvre, de la laine;
　　Et si vous voulez du plus beau,
Les plus rares produits d'une terre lointaine,
J'ai tout ce que le monde offre de plus nouveau.

Arrivez donc, garçons et filles,
Sous le nom de *Lambmas* (1) par couple réunis,
J'ouvre pour vous mes pacotilles,
Et je vends tout à juste prix.

Tandis que Cleveland lisoit ces vers qui
rappelèrent à son souvenir Claude Halcro, le
poëte laureat de ces îles, dont la muse étoit
au service des petits comme des grands, et
qui en étoit probablement l'auteur, le digne
propriétaire de la boutique l'ayant aperçu, se
hâta de détacher d'une main tremblante l'habit qui étoit en étalage, et qu'il y avoit sans
doute mis plutôt pour lui faire prendre l'air,
que pour attirer l'admiration des spectateurs, puisque la vente ne devoit commencer
que le lendemain.

---

(1) C'étoit autrefois la coutume, à la foire de Saint-
Olla, à Kirkwall, parmi les classes inférieures, que
les jeunes gens des deux sexes s'associassent par couple
pour tout le temps de la foire, et l'on nommoit ces couples *frère et sœur Lambmas.* Il est aisé de concevoir que
la familiarité résultant de cet usage donnoit lieu à des
abus, ce qui arrivoit d'autant plus souvent, qu'on faisoit fort peu d'attention aux faux pas qui en étoient la
suite.

— S ur mon âme, capitaine, dit Bunce à
voix basse à Cleveland, il faut que vous
ayez déjà tenu ce gaillard-là dans vos serres,
et qu'il craigne d'être déplumé une seconde
fois. A peine a-t il jeté un coup-d'œil sur
vous, et le voilà qui se dépêche de mettre en
sûreté ses marchandises. »

— Ses marchandises ! s'écria Cleveland, en regardant avec plus d'attention ce
que faisait le marchand forain ; de par le
ciel, cet habit est à moi : je l'ai laissé dans
une caisse à Iarlshof, après le naufrage de
*la Revanche.* — Hé ! Bryce Snailsfoot, vo-
leur, que veut dire ceci ? N'est-ce pas assez
de nous avoir vendu bien cher ce que vous
aviez acheté bon marché ? faut-il encore que
vous vous soyez emparé de ma caisse et de
mes vêtemens ? »

Bryce Snailsfoot auroit probablement désiré de ne pas se trouver obligé de reconnoître son ami le capitaine, mais il y fut forcé par la vivacité avec laquelle Cleveland lui
parla. Faisant un signe à l'enfant qui, comme
nous l'avons déjà dit, lui servoit en quelque
sorte de garçon de boutique : — Cours à Kirk-

wall, lui dit-il à l'oreille, et dis au prévôt de
la ville d'envoyer ici sur-le-champ quelques-uns de ses officiers de police, attendu
qu'il va y avoir du bruit dans la foire.

Ayant parlé ainsi, et donné plus de force
à ses ordres, en poussant vigoureusement
son petit messager par les épaules, ce qui
le fit partir au pas redoublé, il se tourna
vers son ancienne connoissance, et avec
cette profusion de paroles ampoulées et
de gestes exagérés qu'on emploie en Ecosse
pour ce qu'on y appelle faire une phrase,
il s'écria : — Que le ciel soit mille fois
béni ! c'est véritablement le digne capitaine Cleveland que je revois, lui qui nous
a causé tant d'inquiétudes, lui pour qui
mes joues ont été mouillées si souvent ! Et
il porta un mouchoir à ses yeux. — Que
mon cœur est soulagé ! ajouta-t-il ; que je
suis heureux de vous avoir rendu à vos
amis affligés !

— Mes amis affligés, misérable ! dit Cleveland ; je vous donnerai un meilleur sujet d'affliction que je ne vous en ai jamais
causé, si vous ne me dites à l'instant où
vous avez volé mes vêtemens.

2*

— Volé! dit Bryce, en levant les yeux au ciel; que la miséricorde de Dieu veille sur nous! Le pauvre capitaine a perdu la raison dans la tempête qu'il a essuyée en partant de Main-Land.

— Impertinent coquin! dit Cleveland, en frappant la terre de la canne qu'il tenoit en main, croyez-vous m'en imposer par votre impudence? Si vous désirez conserver saine et intacte la tête que vous portez sur les épaules, et n'avoir pas vos os brisés sous la peau qui les couvre, dites-moi sur-le-champ où vous avez volé mes habits.

— Volé! répéta une seconde fois Snailsfoot; que le ciel me protége! Mais connoissant le caractère impétueux de Cleveland, et craignant qu'il ne passât trop promptement des menaces à leur exécution, il jetoit un regard inquiet du côté de la ville pour s'assurer s'il verroit arriver le secours, trop lent à son gré, qu'il attendoit.

— Il me faut une réponse à l'instant, s'écria le capitaine en levant la canne, ou je vous aplatis comme une momie, et je reverse par terre toute votre friperie.

Jack Bunce s'amusoit beaucoup de cette scène, et la colère de Cleveland lui paroissoit une excellente plaisanterie. Il le saisit par le bras, sans aucune envie de l'empêcher d'exécuter ses menaces, mais uniquement pour prolonger une discussion qui le divertissoit.

— Laissez parler cet honnête homme, mon cher ami, lui dit-il; il a la face la plus fleurie qui se soit jamais trouvée sur les épaules d'un tartufe, et il possède cette éloquence de comptoir qui permet au marchand de donner un pouce de moins qu'il ne faut à chaque aune de drap qu'il mesure pendant qu'on l'écoute. Faites attention, d'ailleurs, que vous exercez tous deux le même métier; il mesure ses marchandises à l'aune, et vous à l'épée. Je ne souffrirai donc pas que vous lui lâchiez une bordée avant qu'il soit prêt à vous la rendre.

— Vous êtes fou, s'écria Cleveland, en cherchant à dégager son bras; laissez-moi, car, de par le ciel, je veux lui rompre les os.

— Tenez-le bien, mon cher monsieur, dit le colporteur à Bunce; tenez-le bien, je vous en prie.

— Eh bien ! répondez-lui donc ; voyons, dites quelque chose, sans quoi je le lâche sur vous.

— Il m'accuse d'avoir volé ces marchandises, répondit Bryce, qui se trouvoit pressé de si près, qu'il jugea qu'il falloit bien en découdre ; et le fait est que je les ai bien et légitimement achetées.

— Achetées ! misérable vagabond, s'écria Cleveland ; et de qui avez-vous eu l'audace d'acheter mes habits ? qui a eu l'impudence de vous les vendre ?

— Mistress Swertha, digne femme de charge à Iarlshof, agissant comme votre exécutrice testamentaire ; et elle avoit le cœur bien gros en me les vendant.

— Et sans doute elle avoit envie de grossir sa bourse. Mais comment a-t-elle osé vendre des objets qui lui avoient été confiés ?

— Elle a fait pour le mieux, la digne femme, répondit Snailsfoot, qui désiroit prolonger la discussion jusqu'à ce qu'il lui arrivât main-forte ; et si vous voulez entendre raison, je suis prêt à vous rendre compte de la caisse et de tout ce qu'elle contenoit.

— Eh bien, parlez donc, dit le capitaine, et point de maudites évasions. Si vous montrez la moindre volonté d'être tant soit peu honnête une fois dans votre vie, je vous promets de ne pas vous étriller.

— Eh bien ! noble capitaine, dit le marchand forain, — que la peste étouffe Pate Peterson, pensa-t-il ; c'est sûrement ce maudit boiteux qui les fait attendre ; et s'adressant de nouveau à Cleveland : Vous voyez, continua-t-il, que tout le pays est dans de grandes inquiétudes, — dans de très-grandes, dans de véritables inquiétudes. Votre honneur, que chacun aime et respecte, qu'on croyoit au fond de la mer, dont on n'avoit aucune nouvelle, que tout le monde regrettoit, qu'on regardoit comme perdu-mort-défunt.....

— Je vous ferai sentir que je suis encore vivant, s'écria l'irritable capitaine.

— Un moment de patience ! Vous ne me laissez pas le temps de parler. — Il y avoit aussi le jeune Mordaunt Mertoun.....

— Ah ! Eh bien ! qu'est-il devenu ?

— C'est ce que personne ne peut dire.

Il est disparu, perdu, évanoui. On présume qu'il est tombé du haut d'un rocher dans la mer, car c'étoit un jeune homme fort aventureux. — J'ai fait des affaires avec lui pour des fourrures et des plumes qu'il me donnoit en échange contre de la poudre et du plomb. Eh bien! le voilà on ne sait où : il n'en reste pas la valeur d'une bouffée de fumée de tabac.

— Mais quel rapport tout cela a-t-il avec les habits du capitaine? demanda Bunce; je me chargerai moi-même de vous frotter la peau, si vous n'en venez au fait.

— Un moment, un moment; vous en aurez toujours le temps. — Si bien donc, voilà, comme je le disois, deux personnes qui avoient disparu, — sans parler de la détresse qui existoit à Burgh-Westra, à l'occasion de miss Minna....

— Prends garde à toi, drôle, s'écria le capitaine d'un ton de colère concentrée; si tu n'en parles pas avec tout le respect qui lui est dû, je te coupe les oreilles, et je te les fais passer par le gosier.

— Hé! hé! hé! dit le colporteur, en tâchant de rire, vous voulez vous amuser; c'est

ne excellente plaisanterie. Mais pour ne
point parler de Burgh-Westra, il y avoit au
vieux château d'Iarlshof, M. Mertoun, le père
de Mordaunt, qu'on y croyoit aussi ferme-
ment enraciné que le rocher de Sumburgh;
eh bien! le voilà perdu comme les autres.
Enfin, voilà Magnus Troil, — je n'en parle
qu'avec respect, — qui monte à cheval;
M. Claude Halcro qui prend sa barque, et
il n'y a personne dans toutes les îles Schetland qui soit si peu en état d'en gouverner
une, parce que son esprit est toujours occupé à chercher des rimes; — et le facteur
qui s'embarque avec lui, — le facteur
écossois, cet homme qui parle toujours de
fossés, de desséchemens, et de pareils travaux qui ne rapportent aucun profit, — et
les voilà tous courant les champs, de sorte
qu'on pourroit dire que la moitié des habitans est occupée à chercher l'autre. — Ce
sont des temps bien terribles!

» Le capitaine s'étoit rendu assez maître de
lui-même pour écouter la tirade du digne
marchand, sinon sans impatience, au moins
avec l'espérance d'entendre à la fin quelque
chose qui eût rapport à lui. Mais c'étoit le

tour de son compagnon de s'impatienter: —
Aux habits! s'écria-t-il, aux habits! aux ha
bits! aux habits! Et à chacune de ces excla
mations, il faisoit voltiger sa canne autou
des épaules du colporteur, avec assez d'a
dresse pour lui faire plus de peur que d
mal, car il ne le toucha pas une seule foi

Snailsfoot, à qui la frayeur faisoit fair
mainte contorsion, s'écrioit pendant ce temps
—Mais, monsieur—mon bon monsieur—mo
digne monsieur, — eh bien oui, les habits
écoutez-moi. Je trouvai la digne dame dan
un grand chagrin à cause de son vieux maître
de son jeune maître et du digne capitain
Cleveland, à cause de l'affliction qui régnoi
dans la famille du digne Fowde, à cause d
digne Fowde lui-même, de M. Claude Hal
cro, du facteur, et à cause de plusieurs au
tres causes. Si bien que nous mêlâmes en
semble nos chagrins et nos larmes; nou
eûmes recours à une bouteille pour nou
consoler, comme dit l'Écriture, et nous ap
pelâmes à la délibération le ranzelman, u
digne homme nommé Niel Ronaldson, e
qui jouit d'une bonne réputation.

Ici la canne recommença son exercice

et elle le serroit de si près, qu'elle lui toucha l'oreille. Notre ami Bryce recula d'un pas, et la vérité, ou ce qu'il vouloit faire passer pour la vérité, partit sans plus de circonlocution, comme un bouchon, pressé et poussé par le pouce, part d'une bouteille de bière mousseuse.

—Et que diable voulez-vous que je vous dise de plus ? Elle m'a vendu la caisse d'habits; j'en ai payé le prix, par conséquent ils m'appartiennent, et c'est ce que je soutiendrai jusqu'à la mort.

— Ce qui veut dire, dit Cleveland, que la vieille sorcière a eu l'impudence de vendre ce qui ne lui appartenoit pas ; et que vous, honnête Bryce Snailsfoot, vous avez eu l'audace d'en être l'acquéreur.

— Mais, digne capitaine, dit le consciencieux colporteur, que vouliez-vous que fissent deux pauvres gens comme nous ? Vous qui en étiez le propriétaire, vous étiez disparu ; M. Mordaunt, qui en étoit le gardien, étoit disparu pareillement ; les habits prenoient l'humidité et couroient risque de se pourrir ; de sorte...

4. 3

— De sorte, dit Cleveland, que la vieille les vendit, et que vous les achetâtes uniquement pour les empêcher de se gâter.

— Voilà, noble capitaine, dit le marchand forain, ce qui s'appelle expliquer raisonnablement les choses.

— Eh bien, impudent coquin, écoutez-moi donc; je ne veux pas me salir les doigts en vous touchant, ni troubler ici l'ordre public; je...

— Il y a de bonnes raisons pour cela, capitaine, dit Snailsfoot, d'un air expressif.

— Je vous brise les os, si vous prononcez un mot de plus. — Faites attention. — Rendez-moi le porte-feuille de cuir noir fermant à clef, la bourse de doublons, et quelques vêtemens dont j'ai besoin, et je vous abandonne tout le reste.

— Des doublons! répéta le colporteur en criant assez haut pour faire croire qu'il éprouvoit la plus grande surprise; je ne sais ce que vous voulez dire; j'ai acheté des habits et non des doublons; s'il y en avoit dans la caisse, Swertha les garde sans doute pour votre honneur. Vous savez que les doublons ne craignent pas l'humidité.

— Rends-moi mon porte-feuille et tout ce qui m'appartient, infâme brigand, s'écria Cleveland, ou, sans prononcer un mot de plus, je te fais sortir la cervelle du crâne.

Le rusé marchand jeta les yeux autour de lui, et vit s'approcher le secours qu'il atten-doit; c'étoient six officiers de police, car plusieurs querelles qui avoient eu lieu entre l'équipage du pirate et les habitans avoient appris aux magistrats qu'il étoit nécessaire de renforcer les patrouilles toutes les fois qu'il s'agissoit de ces maraudeurs.

— Honorable capitaine, répliqua Snails-foot, enhardi par la vue du renfort qui lui arrivoit, vous feriez mieux de garder pour vous-même le terme de brigand. Qui sait comment vous vous êtes procuré toutes ces belles nippes ?

Il prononça ces mots d'un ton si goguenard, et en les accompagnant d'un regard si malin, que Cleveland n'attendit pas plus long-temps ; mais, le saisissant par le collet, il le fit sauter par-dessus la table qui lui servoit

de comptoir, la renversa avec toutes les
marchandises qui s'y trouvoient, et tenant le
marchand d'une main, il lui caressa de l'autre les épaules avec sa canne. Son mouvement
fut si prompt, et la colère lui donnoit une
telle énergie, que Bryce Snailsfoot, quoiqu'assez vigoureux, surpris par la vivacité
de cette attaque, n'eut pas le temps de se
mettre en défense, et se contenta de crier
au secours en beuglant comme un taureau.

Le renfort qui s'avançoit à pas lents arriva
enfin, et les officiers de police, réunissant
leurs efforts, obligèrent Cleveland à lâcher le
marchand pour songer à se défendre lui-même. Il le fit avec autant de vigueur et de
dextérité que de courage, et fut puissamment
secondé par son ami Jack Bunce, qui avoit
vu avec grand plaisir la bastonnade infligée
au colporteur, et qui combattit alors avec
résolution pour sauver son compagnon des
suites que cette correction pouvoit avoir.
Mais comme, depuis un certain temps,
l'animosité entre les habitans de la ville et l'équipage du pirate avoit toujours été en augmentant, les premiers, courroucés de la conduite impertinente de ces marins, s'étoient

promis de se soutenir désormais les uns les
utre s, et de prêter mainforte à l'autorité civile toutes les fois qu'il surviendroit quelque
querelle. Un grand nombre de spectateurs
prirent donc parti pour les constables, et
Cleveland, après avoir bravement combattu,
fut enfin terrassé et fait prisonnier. Son
compagnon, plus heureux que lui, avoit
cherché sa sûreté dans ses jambes dès qu'il
avoit vu qu'il étoit impossible que le champ
de bataille leur restât.

Le cœur fier de Cleveland, qui, même au
milieu de la perversion de ses principes,
avoit toujours conservé quelque chose de sa
noblesse primitive, fut prêt à se briser quand
il se vit renversé dans cet ignoble combat,
traîné comme prisonnier dans la ville, et
forcé d'en traverser les rues pour comparoître
devant les magistrats qui étoient alors assemblés dans la salle de leurs délibérations.
La probabilité d'un emprisonnement et les
conséquences qui pouvoient en résulter se
présentèrent à son esprit, et il maudit cent
fois la folie qu'il avoit faite en risquant de se
mettre dans une situation si dangereuse,
pour le plaisir de châtier un fripon.

Mais comme ils arrivoient près de la porte de l'hôtel de ville, un nouvel incident vint changer la face des choses d'une manière aussi soudaine qu'inattendue.

En faisant une retraite précipitée, Bunce avait eu dessein de la rendre aussi utile à son ami qu'à lui-même. Il avoit couru sur le port, où étoit la barque du pirate, et se mettant à la tête des hommes de l'équipage qui s'y trouvoient, il les conduisit au secours de Cleveland. On vit donc paroître sur la scène une douzaine de gaillards déterminés, comme doivent l'être les gens de leur profession, et le teint bronzé par le soleil des tropiques, sous lequel ils l'exerçoient habituellement. Ils se jetèrent à travers la foule, qu'ils écartèrent à grands coups de bâtons, et s'étant frayé un chemin jusqu'à Cleveland, ils l'eurent bientôt tiré des mains des officiers qui ne s'attendoient nullement à cette attaque, aussi furieuse que subite. Ils l'emmenèrent en triomphe vers le quai ; quelques-uns d'entre eux faisoient de temps en temps volte-face pour intimider la populace qui les suivoit, mais qui ne fit aucune tentative pour reprendre le prisonnier, la vue des pistolets et des

sabres dont les pirates étoient armés, suffi-
sant pour la tenir en respect, quoiqu'ils
n'eussent fait usage jusqu'alors que d'armes
moins meurtrières.

Ils regagnèrent donc leur barque sans qu'on
s'y fût opposé, et y firent entrer Cleveland,
à qui les circonstances ne laissoient pas d'autre refuge. Prenant alors la rame en main,
ils cinglèrent vers leur bâtiment qui étoit
dans la baie, en chantant en chœur une vieille
chanson dont les habitans de Kirkwall, assemblés sur le rivage, ne purent entendre
que ce premier couplet :

> Arborez le pavillon noir,
> Dit à ses gens le capitaine ;
> Que l'ennemi puisse le voir,
> Et que jamais nul ne l'amène.
> Feu de babord et de tribord,
> L'Océan est notre domaine ;
> Feu de babord et de tribord,
> A nous la victoire, ou la mort.

Le son de leurs voix s'entendit encore
long-temps après que les paroles qu'ils chantoient étoient devenues inintelligibles, — et

ce fut ainsi que Cleveland se trouva presque involontairement replacé parmi des compagnons dont il avoit si souvent résolu de se détacher.

## CHAPITRE III.

« Quel est le sentiment plus fort que la magie,

» Plus puissant que l'appât dont la ligne est garnie,

Dont la touchante voix s'élève jusqu'au ciel ?

» Te le dirai-je, ami ? c'est l'amour paternel. »

*Anciennes comédie.*

IL faut maintenant que notre histoire rétrograde encore, et que nous transportions nos lecteurs près de Mordaunt Mertoun.

Nous l'avons laissé dans la situation périlleuse d'un homme dangereusement blessé. Nous le retrouvons maintenant convalescent, encore pàle et foible, à la vérité, par suite d'une grande perte de sang et d'une fièvre qui y avoit succédé, mais assez heureux pour que la lame du poignard dont il avoit été frappé, ayant glissé sur ses côtes, ne lui eût pas fait une blessure mortelle, et eût seulement occasionné une effusion de

sang considérable. Il étoit donc à peu près
guéri, grâce aux baumes et aux vulnéraire
de la savante Norna de Fitful-Head.

La matrone et son malade étoient alor
dans une ile plus éloignée. Pendant sa mala
die, et avant qu'il eût parfaitement recouvr
l'usage de ses sens, Mordaunt avoit été
transporté dans la singulière habitation d
Norna, à Fitful-Head, et de là dans un
autre ile où il se trouvoit maintenant, pa
le moyen d'une barque de pêcheurs de Burg
Westra. Cette femme avoit obtenu un te
empire sur le caractère superstitieux de se
concitoyens, que jamais elle ne manquoi
de trouver des agens fidèles pour exécute
ses ordres, quels qu'ils pussent être ; e
comme elle leur enjoignoit en général le se
cret le plus absolu, il en résultoit qu'i
étoient réciproquement étonnés d'événe
mens dont ils étoient eux-mêmes la cause
et qui auroient été dépouillés de tout le mer
veilleux qu'on y attachoit, si chacun avoi
librement fait part à son voisin de tout c
qu'il savoit.

Mordaunt étoit alors assis au coin du feu
dans un appartement passablement meublé

nant en main un livre sur lequel il portoit
es yeux de temps en temps d'un air d'ennui
et d'impatience, sentimens auxquels il finit
par se livrer. Il jeta le livre sur la table qui
étoit devant lui, et fixa ses regards sur le
feu, dans l'attitude d'un homme occupé de
réflexions peu agréables.

Norna, qui étoit assise en face de lui, et
qui sembloit travailler à la composition de
quelque médicament, se leva d'un air d'inquiétude, et s'approchant de Mordaunt, lui
tâta le pouls, le questionna du ton le plus
affectueux sur sa santé, et lui demanda s'il
sentoit quelque douleur subite, et où en
étoit le siége. La réponse de Mordaunt,
quoique conçue en termes destinés à exprimer sa reconnoissance, et quoiqu'elle
annonçât qu'il n'éprouvoit aucune indispo-
sition, ne parut pas satisfaire la pythonisse.

— Jeune ingrat, lui dit-elle, vous pour
qui j'ai tant fait, vous que ma science et
mon pouvoir ont ramené des portes du tré-
pas, êtes-vous déjà si las de ma présence,
que vous ne puissiez vous empêcher de faire
voir que vous désireriez passer loin de moi

les premiers jours d'une vie que je vous ai
rendue ?

—Vous ne me rendez pas justice, répondit Mordaunt ; je sais que vous m'avez sauvé
la vie, et j'en suis plein de reconnoissance ;
je ne suis point las de votre société, mais
j'ai des devoirs à remplir.

— Des devoirs ! et quels devoirs peuvent
l'emporter sur la gratitude que vous me devez ? — Des devoirs ! Vous pensez à votre
fusil ; à gravir les rochers pour y poursuivre les oiseaux de mer. — Vos forces ne
vous permettent pas encore cet exercice,
quoique vous soyez si pressé d'accomplir
ces devoirs.

— Cette pensée ne m'occupe nullement,
ma bonne bienfaitrice ; mais pour vous citer
un seul des devoirs qui m'obligent à vous
quitter, il me suffira de vous parler de ce
qu'un fils doit à son père.

— A son père ! s'écria Norna avec un rire
sardonique ; oh ! vous ne savez pas comment
nous pouvons, dans ces îles, nous affranchir
tout d'un coup de ces devoirs ! — Mais
quant à votre père, ajouta-t-elle d'un ton
plus calme, qu'a-t-il fait pour mériter que

vous remplissiez à son égard les devoirs dont vous parlez ? N'est-ce pas lui qui, comme vous me l'avez dit il y a bien long-temps, vous a abandonné dans votre enfance à des soins étrangers, pourvoyant à peine à vos besoins, ne s'informant même pas si vous étiez mort ou vivant, et se bornant à vous envoyer de temps en temps quelques légers secours, comme on jette une aumône à un lépreux avec qui on craint de se mettre en contact ? Et depuis ce petit nombre d'années pendant lesquelles il a fait de vous le compagnon de sa misantropie, il vous a tour à tour, et au gré de son caprice, instruit et tourmenté ; mais jamais, Mordaunt, jamais il n'a été votre père.

— Il y a quelque chose de vrai dans ce que vous dites ; mais si la tendresse de mon père n'est pas démonstrative, je n'en ai pas moins éprouvé les heureux effets. Il est du devoir d'un fils d'être reconnoissant des bienfaits que son père lui accorde, fût-ce même avec froideur. C'est au mien que je dois toutes les instructions que j'ai reçues, et je suis persuadé qu'il m'aime. D'ailleurs les hommes ne peuvent commander à leurs

affections ; il est malheureux , et quand
même il ne m'aimeroit pas.....

— Et il ne vous aime pas , s'écria Norna
avec vivacité ; jamais il n'a aimé rien, aimé
personne que lui-même.—Il est malheureux,
mais il n'a que trop mérité son malheur. —
Mais, ô Mordaunt, si vous n'avez pas de
père , il vous reste une mère , une mère qui
vous chérit plus que l'air qu'elle respire.

— Une mère ! s'écria Mordaunt avec
l'accent de l'incrédulité ; hélas ! il y a bien
long-temps que je n'ai plus de mère.

— Vous vous trompez, vous vous trompez, dit Norna, d'un ton de profonde sensibilité ; votre malheureuse mère n'est pas
morte. Plût au ciel qu'elle le fût ! mais elle
ne l'est pas. — Cette mère vous chérit avec
une tendresse sans égale, et c'est moi, Mordaunt, ajouta-t-elle en se jetant à son cou,
c'est moi qui suis cette malheureuse.... non
cette heureuse mère.

Elle le serra dans ses bras avec un mouvement convulsif, en versant des larmes, les
premières peut-être qu'elle eût versées depuis bien des années. Etonné de ce qu'il venoit d'entendre , de ce qu'il voyoit, de ce

qu'il éprouvoit; ému lui-même par l'agitation de Norna, et cependant porté à attri-
buer ses transports à un égarement d'esprit,
Mordaunt chercha en vain à rappeler le
calme dans l'âme de cette femme extraordinaire.

— Fils ingrat! s'écria-t-elle; quelle autre
qu'une mère auroit veillé sur toi comme
je l'ai fait? Dès l'instant que je vis ton
père, il y a quelques années, quand il ne
se doutoit guère quelle étoit la femme qui
l'observoit, je le reconnus sur-le-champ. Je
te vis alors bien jeune, mais la voix de la
nature, parlant bien haut à mon cœur, m'as-
sura que tu étois le sang de mon sang et les
os de mes os. Souviens-toi combien de fois
tu as été surpris de me trouver quand tu t'y
attendois le moins, dans les endroits où tu
te rendois pour prendre de l'exercice ou
chercher quelque amusement! Souviens-toi
combien de fois j'ai veillé sur toi quand tu
gravissois les rochers, en prononçant les
charmes qui mettent en fuite ces démons
qui se montrent au hardi chasseur dans les
endroits les plus périlleux, et les rendent
victimes d'un mouvement de frayeur! N'est-

ce pas moi qui ai suspendu à ton cou, pou
garantie de ta sûreté, cette chaîne d'or qu'u
roi magicien donna aux fondateurs de not
race? Aurois-je fait un présent si précieux
tout autre qu'à un fils chéri? — Mordaun
mon pouvoir a fait pour toi des choses au
quelles une autre mère ne pourroit penser sa
frémir. — A minuit, j'ai conjuré la Syrène
pour que ta barque fût en sûreté sur les mer
—J'ai fait taire les vents et rendu des flott
immobiles sur l'Océan, pour que tu puss
chasser sans danger sur les montagnes.

Mordaunt, voyant que l'imagination d
Norna sembloit l'égarer de plus en plus
chercha à lui faire une réponse qui pût l
satisfaire, et calmer les transports auxquels
elle se livroit.

— Ma chère Norna, dit-il, j'ai bien de
raisons pour vous donner le nom de mère,
vous qui m'avez rendu tant de services,
vous trouverez toujours en moi l'affection e
le respect d'un fils; — mais la chaîne don
vous me parlez n'est plus à mon cou; je n
l'ai pas revue depuis que j'ai été blessé.

— Hélas! dit Norna d'un ton doulou
reux, est-ce à cela que vous devriez pense

en un pareil moment! Mais, soit. C'est moi
qui vous l'ai reprise pour la passer au cou de
celle qui vous est chère, afin que votre
union, union qui a été le seul désir terrestre
que j'aie formé, puisse s'accomplir, comme
elle s'accomplira, quand l'enfer même voudroit y mettre obstacle.

— Hélas ! dit Mordaunt en soupirant,
vous ne faites pas attention à la distance
qui me sépare d'elle. Son père est riche et
d'une ancienne famille.

— Il n'est pas plus riche, répondit la pythonisse, que ne le sera l'héritier de Norna
de Fitful-Head. Son sang n'est ni plus pur, ni
plus noble que celui qu'a transmis dans vos
veines votre mère qui descend des mêmes
comtes et des mêmes rois de la mer auxquels
Magnus doit son origine. Croyez-vous,
comme les étrangers fanatiques qui sont ve-
nus parmi nous, que votre sang soit désho-
noré parce que mon union avec votre père
n'a pas reçu la sanction d'un prêtre? Appre-
nez-donc que nous nous mariâmes suivant le
anciens rites des Norses. Nous nous donnâ-
mes la main dans le cercle d'Odin, en pro-

nonçant des vœux si solennels de fidélité
éternelle, que même les lois des usurpateurs
écossais les auroient jugés aussi valables
qu'une bénédiction reçue au pied des autels.
Magnus n'a aucun reproche à faire au fils
issu d'une telle union. — Je fus foible, criminelle, mais la naissance de mon fils ne
fut pas accompagnée d'infamie.

Le ton calme et suivi dont Norna s'exprimoit commença à développer dans l'esprit de Mordaunt un germe de croyance à
ce qu'elle lui disoit. Elle y ajouta tant de détails et de circonstances, parfaitement d'accord ensemble, qu'il lui étoit difficile de conserver l'idée que cette histoire n'étoit que la
production de cet égarement d'esprit qu'on
remarquoit quelquefois dans ses discours et
dans ses actions. Mille idées confuses se présentèrent à la fois à son imagination, quand il
commença à regarder comme possible que la
malheureuse femme qu'il avoit sous les yeux
eût véritablement le droit de réclamer de lui
le tribut de tendresse et de respect qu'un fils
doit à sa mère. Il ne put les bannir qu'en occupant son esprit d'un sujet différent et qui ne
l'intéressoit guère moins, se réservant inté-

rieurement de prendre le temps de la réflexion avant de reconnoître le titre auquel
Norna avoit droit, ou de se refuser à y
croire. Au surplus, elle étoit indubitablement sa bienfaitrice, et il n'accompliroit
qu'un devoir en lui témoignant, en cette
qualité, tout le respect, toute l'affection
qu'un fils doit à sa mère ; et, par cette conduite, il pourroit satisfaire Norna sans se
compromettre aucunement.

— Et croyez-vous réellement, ma mère,
puisque vous m'ordonnez de vous donner ce
nom, dit Mordaunt, qu'il y ait quelque moyen
de faire revenir Magnus Troil des préven-
tions qu'il a conçues contre moi depuis quelque temps, et de l'engager à consentir à mon
union avec Brenda ?

— Avec Brenda ! répéta Norna ; qui parle
de Brenda ? c'étoit de Minna que je vous
parlois.

— Mais c'étoit à Brenda que je pensois,
— c'est à elle que je pense, — c'est à elle
seule que je penserai toujours.

— Impossible, mon fils ; vous ne pouvez
avoir l'esprit assez aveugle, le cœur assez

foible, pour préférer la gaieté puérile d'une
jeune fille qui n'est propre qu'à s'occuper des
soins du ménage, aux sentimens élevés et à
l'âme exaltée de la noble Minna? Qui voudroit se baisser pour cueillir l'humble vio-
lette, quand il n'a qu'à avancer la main pour
s'emparer de la rose éblouissante?

— Il est des gens qui pensent que les
fleurs les plus humbles sont celles qui répan-
dent la plus douce odeur, et je veux vivre et
mourir dans cette idée.

— Osez-vous me parler ainsi? s'écria Norna avec violence; mais changeant de ton tout
à coup, et lui prenant la main de la manière
la plus affectueuse : Non, mon fils, lui dit-
elle, vous ne pouvez me tenir ce langage,
vous ne pouvez vouloir briser le cœur de votre mère à l'instant même où, pour la première fois, elle vient de vous nommer son
fils. — Ne me répondez pas, mais écoutez-
moi. Il faut que vous épousiez Minna : j'ai attaché à son cou le talisman dont le Destin a
voulu que dépendît votre bonheur commun.
Tous mes travaux, depuis bien des années,
se sont dirigés vers ce but. Rien ne peut

changer cet arrêt du sort. Minna doit être l'épouse de mon fils.

— Mais Brenda ne vous touche-t-elle pas d'aussi près ? Ne vous est-elle pas aussi chère ?

— Elle me touche d'aussi près par le sang ; mais elle ne m'est pas si chère, mon cœur l'aime moins de moitié. L'âme docile, mais exaltée et réfléchie de Minna, la rend une compagne convenable pour un être dont les voies sont, comme les miennes, bien loin des sentiers ordinaires de ce monde. Brenda est une jeune fille jetée dans le moule ordinaire, ne songeant qu'à rire et à railler, confondant la science avec l'ignorance, et qui désarmeroit la puissance même de toute sa force, en refusant de croire, et en tournant en ridicule tout ce qui se trouve hors de l'atteinte de son intelligence étroite et bornée.

— Il est vrai qu'elle n'est ni superstitieuse, ni enthousiaste, et je ne l'en aime que mieux. Mais faites aussi attention, ma mère, qu'elle me rend l'affection que j'ai pour elle, et que si Minna en éprouve pour quelqu'un, c'est pour cet étranger, ce Cleveland.

— Non. Elle ne l'aime pas, — elle n'o-

seroit l'aimer! Lui-même n'oseroit sollicit[er]
sa main. Je lui ai dit, à son arrivée à Burg[h]
Westra, que je vous la destinois.

— C'est donc à cette déclaration impr[u]
dente que je dois la haine que cet homm[e]
m'a vouée, la blessure que j'ai reçue,
presque la perte de ma vie. — Vous voye[z]
ma mère, où vos intrigues nous ont d[é]
conduits; au nom du ciel, n'en suivez p[lus]
le fil davantage.

Ce reproche parut frapper Norna avec
vivacité de l'éclair et la force de la foudr[e]
Elle porta la main à son front, et parut s[ur]
le point de se laisser tomber de sa chais[e]
Mordaunt, effrayé, se hâta de la retenir da[ns]
ses bras, et, presque sans savoir ce qu'il [di]
soit, essaya de prononcer quelques m[ots]
incohérens.

— Epargne-moi, juste ciel, épargne-m[oi]
s'écria-t-elle après quelques instans de [si]
lence. Si tu veux punir mon crime, ne[t'en]
charge pas de la vengeance. — Oui, jeu[ne]
homme, vous avez osé me dire ce que je n'[osois]
sois me dire à moi-même. — Vous m'av[ez]
adressé un langage que je ne puis entend[re]
sans cesser de vivre, si c'est celui de la vérit[é]

Ce fut en vain que Mordaunt s'efforça de l'interrompre en l'assurant qu'il ne savoit comment il avoit pu l'offenser ou lui causer quelque peine, et en lui en témoignant tout son regret. Elle continua d'une voix trem-blante d'émotion :

— Oui, vous avez éveillé ce noir soupçon qui empoisonne le sentiment intime de ma puissance, — le seul don qui m'ait été ac-cordé en échange de mon innocence et de la paix de mon cœur. Votre voix se joint à celle de ce démon qui, à l'instant même où les élémens me reconnoissent pour leur maî-tresse, me dit tout bas : Norna, tout ceci n'est qu'illusion; votre pouvoir n'est appuyé que sur la sotte crédulité des ignorans, aidée par mille petits artifices auxquels vous avez recours. — Voilà ce que vous voudriez dire; et quelque faux, quelque scandaleusement faux que cela soit, il existe dans ce cerveau exalté, ajouta-t-elle en plaçant un doigt sur son front, des pensées rebelles qui, comme une insurrection dans une contrée envahie, se lèvent pour prendre parti contre leur souve-raine attaquée. — Epargnez-moi, mon fils, continua-t-elle d'un ton suppliant, épargnez-

moi. L'empire dont vos discours me priv[e]
roient n'est pas une élévation à laquelle o[n]
doive porter envie. Bien peu de gens désir[ent]
roient régner sur des esprits indociles, s[ur]
des vents mugissans, sur des courans f[u]
rieux. Mon trône est un nuage, mon scept[re]
un météore, et mon royaume n'est peup[lé]
que de fantômes. Mais il faut que je cess[e]
d'exister, ou que je continue à être la pl[us]
puissante comme la plus misérable d[e]
créatures.

— Ne tenez pas des discours si sombres[,]
ma chère et malheureuse bienfaitrice, d[it]
Mordaunt fort affecté; je croirai de votr[e]
pouvoir tout ce que vous voudrez que j'e[n]
croye. Mais, par intérêt pour vous-même[,]
regardez les choses sous un autre point d[e]
vue. Détournez vos pensées de ces étud[es]
mystérieuses qui vous causent tant d'agita[-]
tion; renoncez à ces sujets bizarres de co[n]
templation; donnez un meilleur cours à v[os]
idées, et la vie vous offrira encore des cha[r]
mes, la religion, des consolations.

Elle l'écouta d'un air calme, comme si el[le]
eût été occupée à peser ses avis, et qu'el[le]
eût désiré en faire la règle de sa conduite[.]

mais dès qu'il eut cessé de parler, elle se-
oua la tête, et s'écria :

— Cela ne se peut. Il faut que je continue à être la redoutable, la mistérieuse Reim
Kennar, la souveraine des élémens, ou que
je cesse d'exister. Il n'est pour moi ni alter-
native, ni terme moyen. Mon poste doit être
sur le rocher inaccessible que le pied d'un
mortel n'a jamais touché, si ce n'est le mien;
ou je dois m'endormir au fond du redoutable Océan, dont les vagues écumantes ru-
giront en roulant mon cadavre insensible.
La parricide ne sera jamais dénoncée comme
coupable aussi d'imposture.

— La parricide ! répéta Mordaunt en reculant d'horreur.

— Oui, mon fils, répondit Norna avec
un calme plus effrayant que l'impétuosité à
laquelle elle s'étoit livrée quelques instans
auparavant. C'est dans ces murs funestes que
mon père a trouvé la mort, et c'est moi qui
en ai été la cause. C'est dans cette chambre
même qu'on le trouva froid, livide et sans
vie. — Enfans, craignez la désobéissance
à vos parens; tels en sont les fruits amers !

4. 4

A ces mots, elle se leva et sortit de l'ap
partement, où Mordaunt resta seul, libre d
réfléchir à loisir sur les étranges détails qu'i
venoit d'entendre. Son père lui avoit appr
à ne pas croire aux superstitions des Sche
landois, et il voyoit maintenant que Norn
tout en réussissant si bien à tromper les au
tres, ne pouvoit parvenir tout-à-fait à s
tromper elle-même. C'étoit une circonstanc
très-forte qui sembloit prouver qu'elle n'avoi
pas l'esprit égaré. Mais d'une autre part l'in
putation de parricide dont elle s'accusoit elle
même étoit si étrange, si improbable, qu'ell
suffisoit pour faire douter Mordaunt de toutes ses autres assertions.

Il avoit assez de loisir pour se livrer à se
réflexions sur ce qu'il devoit croire et rejeter
car personne n'approchoit de la demeure so
litaire dont Norna, son nain et lui étoient le
seuls habitans. L'île dans laquelle elle étoit si
tuée étoit inculte, et fort élevée au-dessus d
niveau de la mer. Pour mieux dire, ce n'étoi
qu'une seule montagne qui s'élevoit jusqu'au
nues par trois sommets différens divisés pa
des fentes, des précipices et des vallées, qu
descendoient depuis leurs cimes jusqu'à l

mer, tandis que leurs crêtes, formées de rochers presque inaccessibles, fendoient les
nuages que le vent amenoit de l'Océan At-
lantique, et devenoient souvent invisibles.
C'étoit la sombre retraite des aigles, des
faucons, et des autres oiseaux de proie que
personne ne songeoit à y poursuivre.

Le climat de cette île étoit froid ; le sol,
humide et stérile, offroit à l'œil un aspect de
désolation, et ne produisoit que de la mousse,
à l'exception des rives de petits ruisseaux descendant de la montagne, où l'on voyoit quelques bouquets de bouleaux et de noisetiers
nains, et quelques groseilliers assez grands
pour mériter le nom d'arbres dans ce pays
sauvage.

Mais du bord de la mer, qui devint la promenade favorite de Mordaunt quand sa con-
valescence lui permit de prendre de l'exercice, la vue avoit des charmes qui dédom-
mageoient de l'aspect aride de l'intérieur.
Un large et beau détroit sépare cette île solitaire de celle de Pomone ; au centre de ce
détroit est situé, semblable à une table d'é-

meraude, la petite île verdoyante de Gra
say. Plus loin on voit dans l'île de Pomo
la ville ou le village de Stromness, dont l'e
cellence du havre est prouvée par le gra
nombre de vaisseaux qui sont toujour
l'ancre dans la rade. La baie, se rétréciss
ensuite, s'avance dans l'intérieur de l'île,
y forme cette belle nappe d'eau nommée
lac de Stennis.

C'étoit sur cette côte que Mordaunt allo
passer des heures entières ; et ses yeux n'é
toient pas insensibles à la belle vue qu'ils dé
couvroient, quoique ses pensées fussent tou
jours occupées des réflexions les plus embar
rassantes sur sa situation. Il étoit résolu
quitter cette île aussitôt que le rétablissemen
de sa santé le lui permettroit ; cependant s
reconnoissance pour Norna, dont il étoit l
fils, sinon par le sang, au moins par adoptio
ne lui permettoit pas de partir sans sa per
mission, quand même il pourroit trouver de
moyens de départ, ce qui ne paroissoit guè
re vraisemblable. Ce ne fut qu'à force d'im
portunités qu'il en arracha la promesse que
s'il vouloit consentir à régler sa conduite d'a

ès les avis qu'elle lui donneroit, elle se
chargeroit elle-même de le conduire dans
la capitale des îles Orcades, lors de la foire
de Saint-Olla, dont l'époque n'étoit pas éloignée.

~~~~~~~~~~~~~~~~~~~~~~~~~~~~~~~~~~~~~~~~~~~~

# CHAPITRE IV.

« L'insulte au front altier, l'amère raillerie,
La rage sous les traits de la plaisanterie,
La menace au blasphème unissant ses fureurs,
La vengeance aiguisant ses poignards destructeurs :
Des brigands à ces traits on reconnoit l'asile ;
S'ils se battent entre eux l'honnête homme est tranquille.

*La Captivité, poëme.* »

LORSQUE Cleveland, arraché des mains des officiers de justice qui l'avoient arrêté à Kirkwall, et porté ensuite en triomphe sur la barque du pirate, arriva à bord de ce bâtiment, une grande partie des hommes de l'équipage célébrèrent sa bien-venue par de grands cris de joie; et s'approchèrent de lui pour lui prendre la main et le féliciter sur son retour; car le grade de capitaine parmi des corsaires ne l'élevoit que très-peu au-dessus des autres, et chacun, en tout ce qui concernoit pas le service, se croyoit le droit de le traiter en égal.

Quand sa faction, car on peut donner ce nom à ses amis, eut exprimé d'une manière bruyante la satisfaction qu'on avoit de le revoir, on le conduisit vers la poupe, où Goffe, commandant actuel du vaisseau, étoit assis sur un canon, écoutant d'un air sombre et mécontent les acclamations joyeuses qui annonçoient l'arrivée de Cleveland. C'étoit un homme entre quarante et cinquante ans, d'une taille au-dessous de la moyenne, mais tellement robuste, que son équipage avoit coutume de le comparer à un vaisseau de soixante-quatre rasé. Il avoit les cheveux noirs, le cou d'un taureau, les sourcils épais, son air féroce et la force qu'il devoit à ses membres massifs formoient un contraste frappant avec l'air mâle et la physionomie ouverte de Cleveland, que la pratique de son infâme profession n'avoit pas même pu entièrement dépouiller de l'air de grâce et de noblesse qui lui étoit naturel, et qui se faisoit remarquer dans ses gestes comme dans ses discours.

Les deux capitaines pirates se regardèrent

quelque temps en silence, tandis que les partisans de chacun d'eux se rassembloient à l'entour. Parmi les hommes de l'équipage, les plus âgés étoient les principaux adhérens de Goffe ; les jeunes gens, entre lesquels Jack Bunce se montroit comme un chef excitant les autres, étoient en général attachés à Cleveland.

Goffe parla le premier. — Vous êtes bien accueilli à bord, capitaine Cleveland. — Nom d'une poupe ! je suppose que vous vous croyez encore commodore ; mais de par Dieu, tout est dit ; quand vous avez perdu votre bâtiment, votre rang de commodore est allé à tous les diables.

Et ici, une fois pour toutes, nous ferons remarquer que l'usage de ce digne commandant étoit de mettre dans tous ses discours une proportion à peu près égale de juremens et d'autres expressions, ce qu'il appeloit *lâcher sa bordée*. Comme nous n'avons pas un goût bien décidé pour les décharges d'artillerie de ce genre, nous indiquerons seulement par des traits comme ceci ————— les endroits de ses discours qu'il enrichissoit de et ornement. Par ce moyen, si le lecteur nous pardonne une pauvre plaisanterie, ces canons tirant la bordée du capitaine Goffe ne seront chargés qu'à poudre.

Au reproche qu'il étoit venu à bord dans le dessein de reprendre le commandement en chef, Cleveland répondit qu'il ne le désiroit ni ne l'accepteroit; que tout ce qu'il demandoit au capitaine Goffe, c'étoit de lui prêter sa chaloupe pour le conduire dans une autre île, attendu qu'il ne vouloit ni le commander, ni servir sous ses ordres.

—Et pourquoi ne pas servir sous mes ordres? demanda Goffe d'un ton d'humeur;——êtes-vous trop gros seigneur———pour servir sous moi?——— Je commande ici à des gens ——— qui sont vos anciens, et meilleurs marins que vous ne l'êtes. ———

— Je voudrois savoir, répondit Cleveland avec le plus grand sang froid, quel est celui de ces bons marins qui a placé ce bâtiment sous le feu de cette batterie de six pièces de canon qui pourroit le couler à fond, si l'on en avoit envie, avant que vous eussiez seulement le temps de couper le câble

pour prendre le large. Des marins plus an
ciens et meilleurs que moi peuvent trouve
bon de servir sous un pareil bélitre; m
quant à moi, capitaine, je ne m'en souc
pas, et c'est tout ce que j'ai à vous dire.

— De par Dieu! je crois que vous êtes fou
tous les deux, dit Hawkins, le maître d'é
quipage. Une rencontre au sabre ou a
pistolet peut avoir son mérite quand on n
rien de mieux à faire; mais où diable sero
notre sens commun, si des gens de notre
profession s'amusoient à se quereller ensemble pour donner à ces canards d'insulaire
l'occasion de nous attaquer?

— C'est bien parlé, mon vieil Hawkin
dit Derrick, le quartier-maître, officier d
grande importance parmi ces forbans;
nos deux capitaines ne peuvent s'accorde
ensemble, et s'entendre pour la défense d
vaisseau, que diable! il n'y a qu'à les dépo
ser tous les deux, et en choisir un autre.

— Vous, par exemple, digne quartier-maî
tre, dit Jack Bunce; mais cela ne pren
dra pas. Il faut que celui qui doit command
à des gentilshommes en soit un lui-même,

donne ma voix au capitaine Cleveland, parce que c'est le plus brave et le plus digne gentilhomme qui ait jamais marché sur un tillac.

— Vous vous donnez donc pour un gentilhomme ? répliqua Derrick ; en vérité un tailleur en feroit un meilleur avec les plus mauvaises guenilles qui vous restent de votre garde-robe de théâtre. — C'est une honte pour des gens de cœur comme nous, que de servir avec un rebut de coulisse, un vagabond.

Jack Bunce fut si courroucé de s'entendre traiter ainsi, qu'il mit sans hésiter la main sur la poignée de son sabre ; mais le maître d'équipage et le charpentier se jetèrent entre les deux antagonistes ; le dernier jurant qu'il fendroit la tête d'un coup de hache au premier qui porteroit un coup ; et l'autre leur rappelant que, d'après leurs règlemens, il étoit expressément défendu de se quereller, et surtout de se battre à bord ; ceux qui avoient un différend à vider devoient se rendre à terre, et se faire raison, le sabre ou le pistolet à la main, en présence de deux camarades.

— Je n'ai de querelle avec personne——
dit Goffe d'un air d'humeur ; le capitain
Cleveland s'est amusé à se promener dans
îles —— et nous avons perdu notre tem
—— à le chercher et à l'attendre, quan
nous aurions pu ajouter vingt ou trente mil
dollards à la bourse commune. Au surplus—
—je veux tout ce que voudra le reste de l'
quipage.

— Je propose, dit Hawkins, que
conseil général s'assemble dans la gran
cabane, conformément à nos règlemens, afi
de délibérer sur le parti à prendre dans cett
affaire.

La proposition du maître d'équipage f
accueillie à l'unanimité, car chacun trouve
son compte à ces conseils généraux, où
dernier homme de l'équipage avoit le dro
de voter aussi bien que le capitaine. La pl
part ne faisoient cas de cette prérogative qu
parce que dans ces occasions solennell
l'eau-de-vie étoit distribuée à discrétion ; dro
dont ils ne manquoient pas d'user dans tout
son étendue, pour se disposer l'esprit à déli
bérer. Mais quelques-uns de ces aventurie
qui joignoient quelque jugement au caractèr

ntreprenant et déterminé des gens de leur
rofession, avoient soin de ne pas sortir des
bornes d'une sobriété relative, et c'étoient
eux qui, sous la forme d'une décision du conseil général, déterminoient de fait tout ce
qui avoit rapport à leurs courses et à leurs
expéditions. Les autres, quand ils sortoient
de leur état d'ivresse, se persuadoient aisément que la résolution adoptée avoit été le
fruit légitime de la sagesse combinée de tout
le sénat.

En cette occasion, l'eau-de-vie coula à si
grands flots, que l'ivresse se montra sous
toutes les formes les plus dégoûtantes, —
proférant les plus horribles blasphèmes, —
faisant, de gaieté de cœur, les plus affreuses
imprécations, — chantant des chansons ob-
scènes et impies. Au milieu de cet enfer terrestre, les deux capitaines, avec un ou deux
de leurs principaux adhérens, le charpentier
et le maître d'équipage, qui prenoient toujours le dé dans ces occasions, formoient
entre eux une espèce de conseil privé, ou
*pandemonium*, pour considérer ce qu'il
y avoit à faire; car, comme Hawkins le fit
observer métaphoriquement, ils naviguoient

dans un canal étroit, et il convenoit de m
cher la sonde à la main.

Quand ils commencèrent à délibérer
amis de Goffe remarquèrent, à leur grand
plaisi., qu'il n'avoit pas eu la sage précaut
dont nous parlions il n'y a qu'un instant ; m
qu'en voulant noyer le chagrin que lui avoie
causé le retour de Cleveland et l'accu
qu'il avoit reçu, le vieux capitaine avoit f
faire naufrage à sa raison. La sombre ta
turnité qui lui étoit naturelle avoit empê
qu'on ne le remarquât avant le commenc
ment de la délibération, mais alors il devi
impossible de le cacher.

Cleveland fut le premier qui parla, et
fut pour dire que, bien loin de désirer
commandement du vaisseau, la seule fav
qu'il demandât, c'étoit qu'on le jetât
quelque île, ou quelque rocher à une c
taine distance de Kirkwall, et qu'on lui la
sât ensuite le soin de se tirer d'affaire.

Le maître d'équipage se récria viveme
contre cette résolution. — Chacun de nou
dit-il, connoît le capitaine Cleveland,
sait qu'il peut avoir confiance en son exp

...ence comme en son courage. D'ailleurs ja-
...ais le grog ne mouille sa poudre ; son esprit
...t toujours prêt à faire feu au besoin, et quand
...il est sur un vaisseau, on est sûr du moins que
...ns tous les cas il s'y trouve quelqu'un en
...tat de le gouverner et de commander la ma-
...nœuvre. Quant au capitaine Goffe, il est aussi
...rave que qui que ce soit qui ait jamais mangé
...n biscuit ; mais, je le dirai en sa présence,
...uand il a une fois du grog dans ses agrès, il
...devient si querelleur, qu'il n'y a plus moyen
...de vivre avec lui. Vous vous souvenez tous
...qu'il a manqué de briser ce bâtiment sur le
...maudit rocher qu'on appelle le *Cheval de
Copinsha*, uniquement par entêtement ; et
...qu'une autre fois, croyant faire une plaisan-
...erie, pendant que nous étions assemblés en
...conseil, il tira un coup de pistolet par-des-
...sous la table, et cassa une jambe à ce pauvre
...diable de Jack Jenkins.

— Jenkins n'y a rien perdu, s'écria le
charpentier ; je lui ai coupé la jambe avec
...ma scie aussi proprement qu'auroit pu le faire
...un chirurgien ; j'ai cautérisé la plaie avec ma
...ache rougie au feu, et je lui ai fait ensuite
...une jambe aussi belle et aussi bonne que

celle qu'il avoit perdue, et qui lui sert t
autant.

— Oh! vous êtes un homme habile
le contre-maître, diablement habile
cependant je ne me soucierois pas de
voir employer sur mes membres votre sc
votre hache; vous avez de quoi occuper
outils sur le vaisseau. Mais ce n'est pas l
dont il s'agit. La question est de savoir
nous nous séparerons du capitaine Clevel
que voici, et qui est un homme égalem
bon pour le conseil et pour l'action. A m
avis, ce seroit jeter le pilote à la mer, quan
le vent pousse le navire à la côte. J'ajouter
que ce ne seroit pas le trait d'un cœur
marin, que d'abandonner ainsi ses camarad
qui ont perdu leur temps à le chercher
l'attendre, de sorte que nos provisions so
presque épuisées, et que nous allons no
trouver sans eau. Nous ne pouvons mettr
la voile sans nous être ravitaillés, et nous
pouvons nous ravitailler sans l'aide des ha
tans de Kirkwall. Si nous nous amusons
plus long-temps, nous courons le risque
voir tomber sur nous la frégate l'Alcyon
qu'on a vue il y a deux jours à la hauteur

terborough, et en ce cas, nous ferons une belle garniture de gibet. Or, le capitaine Cleveland nous ôtera du cou le nœud coulant, si quelqu'un peut y réussir. Il prendra ces gens de Kirkwall par la douceur, leur donnera de belles paroles, et, s'il le faut, il saura leur montrer les dents.

— Et que voulez-vous donc faire du brave capitaine Goffe? demanda un vieux pirate à qui il ne restoit qu'un œil. Je sais qu'il a ses lubies, et je les ai éprouvées tout comme un autre, mais au bout du compte, jamais plus brave homme n'a monté un corsaire, et je le soutiendrai tant que je verrai de ma dernière lanterne.

— Vous ne voulez pas m'écouter jusqu'au bout, répliqua Hawkins; autant vaudroit parler à des nègres. Ce que je propose, c'est que Cleveland soit capitaine depuis une heure après midi jusqu'à cinq heures du matin, attendu que c'est le temps pendant lequel Goffe est toujours ivre.

Goffe donna en ce moment une preuve de la vérité de cette accusation, en essayant de prononcer quelques mots inarticulés, et en

4*

menaçant d'un pistolet Hawkins, qui jouoit le rôle de médiateur.

— Voyez-vous? dit Derrick; quel bon sens peut-on attendre d'un homme qui, même pendant une assemblée du conseil, s'enivre comme le dernier de nos matelots?

— Oui, dit Bunce; ivre comme la truie de Davy, en face de l'ennemi, de la tempête et du sénat.

— Cependant, continua Derrick, deux capitaines dans un même jour, cela n'ira jamais. Je suis d'avis que chacun ait sa semaine, et que Cleveland commence.

— Il y en a ici qui les valent bien, dit Hawkins; au surplus, je n'ai pas d'objection à faire contre le capitaine Cleveland. Je pense qu'il peut nous donner un coup de main tout aussi bien qu'un autre.

— Oui, oui, s'écria Bunce, et il fera meilleure figure que son ivrogne de prédécesseur, pour faire entendre raison à ces coquins de Kirkwall. Ainsi donc, vive le capitaine Cleveland!

— Un moment, messieurs, dit Cleveland qui avoit gardé le silence jusqu'alors; j'es-

...re que vous ne me nommerez pas capi-
...ine sans mon consentement.

— Et pourquoi non, par la voûte des
cieux! répondit Bunce, si c'est *pro bono
publico?*

— Mais du moins écoutez moi. Je con-
...ens à prendre le commandement du vais-
...eau, parce que vous le désirez, et parce
que je vois que sans moi vous vous tireriez
difficilement d'embarras....

— Et bien, je répète donc, vive le capitaine Cleveland !

— Je t'en supplie, mon cher Bunce,
mon honnête Altamont, un moment de raison. — Je consens à ce que vous désirez,
camarades, à condition que lorsque j'aurai
fait ravitailler le vaisseau, et que je l'aurai
mis en état de mettre à la voile, vous ren-
drez le commandement au capitaine Goffe,
et vous me mettrez à terre dans quelque île
des environs. — Vous ne pouvez pas craindre
que je vous trahisse, puisque je resterai
avec vous jusqu'au dernier moment.

—Et encore un peu plus long-temps, j'espère, murmura Bunce entre ses dents.

La nomination fut mise aux voix, et tou
l'équipage avoit tant de confiance dans le
talens de Cleveland, supérieurs à ceux d
Goffe sous tous les rapports, que la déposi
tion de celui-ci ne souffrit pas d'opposi
tion, même de la part de ses partisans, qui
dirent assez raisonnablement : Pourquoi
s'est-il soulé ? c'étoit à lui à défendre ses
propres intérêts. Au surplus il verra demain
à se faire rendre justice, si bon lui semble.

Mais quand le lendemain arriva, la partie
de l'équipage que l'ivresse avoit empêchée
de prendre part à la délibération, ayant appris ce qui avoit été décidé par le conseil
général, applaudit de si bon cœur au choix
qui avoit été fait, que Goffe, tout mécontent
qu'il étoit, jugea à propos de comprimer son
ressentiment jusqu'à ce que des circonstances
plus favorables en permissent l'explosion, et
de se soumettre à une dégradation qui n'étoit
nullement extraordinaire parmi des pirates.

De son côté Cleveland résolut de s'acquitter avec zèle et sans perdre de temps de la
tâche qu'il venoit d'entreprendre, de tirer
l'équipage de ce bâtiment de la situation dangereuse où il se trouvoit. Dans ce dessein, il

donna qu'on mît la chaloupe en mer, afin
se rendre lui-même à Kirkwall, avec
douze hommes qu'il choisit parmi les plus
braves et les plus vigoureux de la troupe,
us bien vêtus, car les succès qu'ils avoient
tenus dans leurs dépradations leur permet-
ent à tous d'être presque aussi bien nippés
ne leurs officiers, tous bien armés de sabres
de pistolets, et quelques-uns même de
haches et de poignards.

Cleveland se distinguoit pourtant parmi
par l'élégance de son costume; il avoit
habit de velours bleu, doublé en soie
amoisie, et galonné en or; un gilet et des
lottes de velours cramoisi; un bonnet de
même étoffe, richement brodé, et surmonté
d'une plume blanche; des bas de soie blancs,
des souliers à talons rouges, ce qui étoit le
nec plus ultra du bon ton pour les petits-
maîtres du jour. Un sifflet d'or, marque de
dignité, étoit suspendu à une chaîne de
même métal qui faisoit plusieurs tours autour
son cou. Il portoit en outre une décoration
ticulière à ces audacieux déprédateurs
qui, peu contens d'avoir à leur ceinture une
deux paires de pistolets, en portoient deux

autres paires, d'un travail riche et précieu
suspendues à une espèce d'écharpe en rub
cramoisi qui leur passoit par-dessus l'épau
La poignée de l'épée du capitaine étoit au
riche que le reste de son équipement, et
bonne mine qu'il joignoit à sa parure
faisoit paroître avec tant d'avantage, qu
lorsqu'il se montra sur le tillac, il fut accuei
par des acclamations universelles, suiva
l'usage du peuple qui juge souvent par
yeux.

Cleveland mit son prédécesseur Goffe au
nombre de ceux qui devoient l'accompagner
L'ex-capitaine étoit aussi très-richement v
tu, mais n'ayant pas l'extérieur avantage
de son successeur, il avoit l'air d'un pays
habillé en petit maître, ou plutôt d'un vole
de grand chemin revêtu des dépouilles
voyageur qu'il vient d'assassiner, et dont
droit aux vêtemens qu'il porte paroît doute
aux yeux de tous ceux qui le regardent,
tendu le caractère de gaucherie, d'imp
dence, de cruauté et quelquefois même d
remords, visiblement gravé sur tous s
traits. Cleveland voulut probablement e
mener Goffe avec lui à Kirkwall pour l'e

cher de profiter de son absence pour
débaucher l'équipage, et lui faire oublier la
fidélité qu'il avoit promise au nouveau capitaine. Ils quittèrent le vaisseau, accompagnant le mouvement des rames d'un chant
de chœur auquel le bruit des vagues servoit
à son tour d'accompagnement, et ce fut
ainsi qu'ils arrivèrent sur le quai de Kirkwall.

Pendant ce temps, le commandement du
vaisseau avoit été confié à Jack Bunce, sur
le zèle et la fidélité duquel Cleveland savoit
qu'il pouvoit compter ; et dans une assez
longue conversation qu'il eut avec lui, il lui
donna des instructions sur ce qu'il devoit
faire dans diverses circonstances qui pouvoient survenir.

Ces arrangemens étant terminés, et Bunce ayant été averti à plusieurs reprises de se
tenir en garde contre les adhérens de Goffe
sur le navire, et contre toute attaque qu'on
pourroit tenter du rivage, la chaloupe partit
enfin. En approchant du havre, Cleveland
fit arborer un pavillon blanc, et remarqua
que leur arrivée paroissoit causer beaucoup
de mouvemens et d'alarmes. On voyoit un
grand nombre d'habitans de côté et d'autre,

plusieurs même sembloient se mettre so
les armes. On envoya à la hâte du monde
la batterie de six pièces de canon, et l'
arbora le pavillon anglois. Ces symptôm
ne laissoient pas d'être inquiétans, d'auta
plus que Cleveland savoit que, quoiqu'il n
eût pas d'artilleurs à Kirkwall, il s'y trouvo
plusieurs marins qui connoissoient parfait
ment le service d'une pièce de canon, et q
seroient très-disposés à s'en charger dans
cas dont il s'agissoit.

Examinant avec attention ces démonstra
tions hostiles, mais ne laissant paroître dar
ses traits ni crainte ni inquiétude, Clevelan
ordonna qu'on se dirigeât en droite ligne ver
le quai. Le rivage étoit bordé d'une fou
d'habitans armés de mousquets, de fusils d
chasse, de demi-piques, et de ces grands cou
teaux servant à dégraisser les baleines, et il
paroissoient assemblés dans le dessein d
s'opposer à son débarquement. Il sembloi
pourtant qu'ils n'avoient pas pris à ce suje
une résolution positive, car, dès que la bar
que toucha le rivage, ils reculèrent et souffr
rent que Cleveland et les gens de sa suite de
cendissent à terre, sans chercher à y mett

bstacles. Les pirates se rangèrent en bon
ordre sur le quai, à l'exception de deux qui
restèrent dans la chaloupe, et qui se reti-
rèrent à quelque distance du rivage. Cette
manœuvre, en mettant cette barque, la seule
qui fût sur le vaisseau, hors de danger d'être
saisie, indiquoit de la part de Cleveland et
de ses gens une sorte de confiance et d'insouciance qui étoit faite pour intimider
leurs adversaires.

Les habitans de Kirkvall prouvèrent
pourtant qu'il restoit encore dans leurs veines quelque chose du sang des anciens guer-
riers du Nord. Ils restèrent fermes en face
des pirates, l'arme sur l'épaule, et leur bar-
rèrent l'entrée de la rue qui conduit dans
la ville.

Les deux partis se considérèrent en silence pendant quelques instans. Cleveland
prit enfin la parole :

— Que veut dire ceci, messieurs ? leur
demanda-t-il ; les habitans des Orcades sont-
ils devenus des montagnards d'Écosse ? Pourquoi êtes-vous tous sous les armes ce matin
de si bonne heure ? Vous seriez-vous ras-
semblés sur le quai pour me faire l'honneur

4. 5

de célébrer par un salut ma reprise du commandement de mon navire ?

Les habitans se regardèrent les uns les
autres, et l'un d'eux se chargeant de lui répondre : — Nous ne savons qui vous êtes ;
c'étoit cet homme - là, dit - il en montrant
Goffe, qui se disoit capitaine quand il venoit à terre.

— C'est mon lieutenant, et il commande
en mon absence. Mais ce n'est pas ce dont
il s'agit ; je désire parler à votre lord maire,
au chef de vos magistrats quel que soit le
nom que vous lui donniez.

— Le prévôt et les magistrats sont assemblés.

— Cela n'en vaut que mieux. Et où sont-
ils assemblés ?

— A l'Hôtel de Ville.

— Faites-nous donc place, messieurs, car
mes gens et moi nous avons besoin d'y aller.

Les habitans se consultèrent un moment à
voix basse, mais la plupart n'étoient nullement d'avis de s'exposer au risque d'un combat peut-être inutile contre des hommes
déterminés ; et ceux qui avoient plus de

résolution réfléchirent qu'on viendroit plus
aisément à bout de ces étrangers, soit dans
l'Hôtel de Ville, soit dans les rues étroites
qu'ils avoient à traverser pour s'y rendre,
que sur un grand terrain où ils pouvoient se
défendre avec beaucoup plus d'avantage.
Ils ne mirent donc aucun obstacle à leur
passage, et Cleveland s'avança au petit pas,
tenant ses gens ramassés en peloton, ne laissant approcher personne des flancs de son
petit détachement, et ordonnant aux quatre
hommes qui composoient son arrière garde
de se retourner de temps en temps pour
faire face à ceux qui le suivoient; il réussit,
par toutes ces précautions, à rendre fort
difficile la tâche que se seroient imposée
ceux qui auroient voulu l'attaquer.

Ils traversèrent ainsi la rue étroite qui
conduisoit à l'Hôtel de Ville, où les magistrats étoient assemblés comme on en avoit
informé Cleveland. Là, les habitans commencèrent à les serrer de plus près, dans le
dessein de faire foule à l'entrée, de séparer
les pirates les uns des autres, et d'en arrêter autant qu'ils le pourroient dans un endroit où ils se trouveroient trop serrés pour

pouvoir se servir de leurs armes. Mais Cleveland avoit prévu ce danger, et avant
d'entrer dans l'Hôtel de Ville, il ordonna
qu'on en dégageât la porte, fit marcher quatre hommes en avant pour faire reculer ceux
qui l'avoient précédé, ordonna à quatre autres de faire face à la foule qui suivoit ; et
les bons bourgeois battirent en retraite en
voyant l'air féroce et déterminé de ces forbans, leur teint brûlé par le soleil, leurs
bras nerveux et leurs armes redoutables.
Cleveland entra alors dans l'Hôtel de Ville
avec sa troupe, arriva dans la salle où les
magistrats délibéroient sans avoir auprès
d'eux aucune force armée. Ils se trouvoient
même séparés, par ces aventuriers, des citoyens qui attendoient leurs ordres, et ils
étoient peut-être plus complétement à la
merci de Cleveland, que celui-ci et sa petite poignée d'hommes ne l'étoient à celle
de la multitude rangée derrière eux.

Les magistrats semblèrent sentir leur danger, car ils se regardèrent les uns les autres
d'un air inquiet, tandis que Cleveland leur
adressoit la parole dans les termes suivans :

— Bonjour, messieurs. — J'espère qu'il

n'existe aucune mauvaise volonté entre nous ; — je viens me concerter avec vous sur les moyens d'obtenir des rafraîchisse-mens pour mon vaisseau qui est à l'ancre dans votre rade ; nous ne pouvons mettre à la voile sans cela.

— Votre vaisseau, monsieur ? dit le pré-vôt, qui ne manquoit ni de bon sens ni de courage ; comment pouvons-nous savoir que vous en êtes le capitaine ?

— Regardez-moi, répondit Cleveland ; et je crois que vous ne me ferez pas la même question une seconde fois.

Le magistrat le regarda, et effectivement il ne jugea pas à propos de poursuivre le même interrogatoire ; et prenant le fait pour constant : — Puisque vous êtes le capitaine de ce vaisseau, dit-il, apprenez-moi de quel port il est parti, et quelle est sa destination. Vous ressemblez à un officier d'un vaisseau de guerre, plus qu'au capitaine d'un bâti-ment marchand, et nous savons que vous n'appartenez pas à la marine anglaise.

— Le pavillon de la marine anglaise, ré-pondit Cleveland, n'est pas le seul qui flotte sur les mers. Mais en supposant que je com-

mande un bâtiment contrebandier, ayant
une cargaison de tabac, d'eau-de-vie, de
genièvre, et d'autres marchandises de cette
espèce, que nous sommes disposés à échan-
ger pour les provisions dont nous avons besoin, je ne vois pas pourquoi les marchands
de Kirkwall nous en refuseroient?

— Il faut que vous sachiez, capitaine, dit
le clerc de la ville, que nous ne cherchons
pas à y regarder de trop près. Quand des bâtimens de l'espèce du vôtre viennent nous
rendre visite, autant vaut, comme je le disois
au prévôt, faire ce que fit le charbonnier
quand il rencontra le diable, c'est-à-dire,
agir envers eux comme ils agissent envers
nous; et voici quelqu'un, ajouta-t-il en montrant Goffe, qui étoit capitaine avant vous,
et qui le sera peut-être après.....

——, murmura Goffe entre ses dents;
le coquin dit vrai en cela.

— Il n'ignore pas, continua le clerc de la
ville, comme nous l'avons bien accueilli lui
et ses hommes, jusqu'à ce qu'ils aient commencé à se conduire comme des diables in-
carnés. — En voici un autre — là — qui

arrêta l'autre soir ma servante, marchant devant moi avec une lanterne, et qui l'insulta en ma présence.

— N'en déplaise à votre honneur, dit Derrick, que le clerc avoit désigné du doigt, ce n'est pas moi qui ai fait feu sur cette petite barque de fille qui portoit une lanterne en poupe, c'étoit un homme qui ne me ressemble nullement.

— Qui étoit-ce donc? demanda le prévôt.

— S'il plaît à votre honneur, répondit Derrick, en le saluant d'une manière grotesque, et en faisant la description du magistrat, c'étoit un homme d'un certain âge, — une espèce de bâtiment hollandois, ayant la poupe ronde, — portant une perruque poudrée et ayant le nez rouge; — fort semblable à votre majesté, à ce qu'il me semble. — Dis donc, Jack, demanda-t-il à un de ses camarades, ne trouves-tu pas que ce drôle qui vouloit embrasser l'autre soir une jolie fille portant une lanterne, ressembloit beaucoup à son honneur?

— De par Dieu! Derrick, je jurerois que c'est lui-même.

— C'est une insolence dont nous pouvons
vous faire repentir, messieurs, dit le magistrat, justement irrité de leur effronterie.
Vous vous êtes conduits dans cette ville
comme si vous étiez au milieu d'une peuplade
de sauvages à Madagascar. Vous-même, capitaine, si vous l'êtes réellement, vous avez
causé une émeute pas plus tard qu'hier. Nous
ne vous fournirons aucune provision que
nous ne sachions mieux qui vous êtes; et ne
croyez pas nous insulter impunément. Je
n'ai qu'à faire flotter ce mouchoir par la fenêtre qui est à mon côté, et votre navire est
coulé à fond. Souvenez-vous qu'il est sous
le feu d'une batterie de six pièces.

— Et combien de ces pièces sont en état de
service ? demanda Cleveland. Il avoit fait
cette question par hasard, mais il vit sur-le-
champ, à un air de confusion que le prévôt
chercha en vain à cacher, que l'artillerie de
Kirkwall n'étoit pas dans le meilleur ordre.

— Allons, allons, M. le prévôt, ajouta-
t-il, nous ne nous effrayons pas plus aisément que vous. Nous savons que vos canons
seroient plus dangereux pour les pauvres gens
qui en feroient le service, que pour notre

bâtiment. Mais si nous entrions dans le port pour lâcher une bordée contre la ville, la vaisselle de vos femmes courroit quelques risques. — Reprocher à des marins quelques traits de gaieté quand ils sont à terre ! Les pêcheurs du Groënland qui viennent vous visiter ne sont-ils pas quelquefois de vrais diables ? Les matelots hollandois eux-mêmes ne font-ils pas des cabrioles dans les rues de Kirkwall, comme des marsouins dans la mer agitée ? On m'a assuré que vous êtes un homme de bon sens, et je suis sûr que vous et moi nous arrangerions cette affaire en cinq minutes.

— Eh bien, monsieur, dit le prévôt, j'écouterai ce que vous avez à me dire, si vous voulez me suivre.

Cleveland l'accompagna dans un appartement qui étoit à la suite du premier. — Monsieur, dit-il en y entrant, je vais quitter mes pistolets, pour peu qu'ils vous effraient.

— Au diable vos pistolets, s'écria le prévôt; j'ai servi le roi, et je ne crains pas plus que vous l'odeur de la poudre.

— Tant mieux, dit Cleveland, vous

m'en écouterez avec plus de sang-froi
— Maintenant, monsieur, supposons q
nous soyons ce que vous nous soupçonn
d'être, — tout ce qu'il vous plaira. Mais,
nom du ciel, que pouvez-vous gagner à no
retenir ici ? Des coups et du sang répandu ;
croyez-moi, nous y sommes mieux prépar
que vous ne pouvez prétendre l'être. — L
point de la question est bien simple ; vou
désirez être débarrassés de nous, et nou
désirons nous en aller. Fournissez-nous don
les moyens de partir, et nous vous quitton
à l'instant.

— Ecoutez-moi, capitaine, répondit l
prévôt, je n'ai soif du sang de personne
Vous êtes un beau garçon, comme il y e
avoit plus d'un de mon temps parmi les bou
caniers, et je ne crois pas vous insulter e
vous souhaitant un meilleur métier. Nou
vous donnerions bien pour votre argent le
provisions qui vous manquent, afin de
délivrer nos mers de votre présence ; mai
voici la difficulté : on attend ici très-inces
samment la frégate *l'Alcyon;* dès qu'elle en
tendra parler de vous, elle vous donnera l
chasse ; car un bâtiment corsaire est souven

une bonne prise ; vous êtes rarement sans une cargaison de dollars ; eh bien, *l'Alcyon* arrive, vous met sous le vent....

— Nous fait sauter en l'air, s'il vous plaît, dit Cleveland.

— Non, ce sera s'il vous plaît à vous-même, répondit le prévôt ; mais alors que deviendra la bonne ville de Kirkwall, qui aura favorisé les ennemis du roi en leur fournissant des provisions ? Elle sera mise à l'amende, et le prévôt ne se tirera peut-être pas d'affaire fort aisément.

— Je vois où le bât vous blesse, dit Cleveland. Supposons donc que je double votre île, et que j'aille dans la rade de Stromness ; on peut nous y apporter tout ce dont nous avons besoin, sans que le prévôt et la ville de Kirkwall y paroissent tremper en rien. D'ailleurs, si l'on avoit quelque soupçon, notre force supérieure et le manque de moyens de résistance seroient votre justification.

— Cela peut être, dit le prévôt ; mais si je vous laisse quitter notre rade, il me faut une garantie que vous ne dévasterez pas le pays.

—Et il nous en faut une aussi, dit Cleveland, que vous ne chercherez pas à prolonger notre approvisionnement jusqu'à ce que *l'Alcyon* arrive. Je consens à rester moi-même avec vous comme ôtage, pourvu que vous me donniez votre parole de ne pas me trahir, et que vous envoyiez à bord de mon vaisseau un magistrat, ou quelque homme d'importance dont la personne répondra de la mienne.

Le prévôt secoua la tête, et lui fit entendre qu'il seroit difficile de trouver quelqu'un qui voulût servir d'ôtage à une condition si dangereuse ; mais il finit par lui dire qu'il proposeroit cet arrangement à ceux des membres du conseil auxquels on pouvoit confier une affaire d'une telle importance.

# CHAPITRE V.

» Pour labourer la mer, j'ai quitté ma charru! »
« DIBDIN. »

QUAND le prévôt fut de retour avec Cleveland dans la salle du conseil, il réunit ceux
des magistrats à qui il jugeoit à propos de
faire part des propositions du pirate, et se
retira de nouveau avec eux dans la seconde
chambre. Tandis qu'ils s'occupoient de cette
discussion, on offrit à Cleveland et à ses
gens des rafraîchissemens de la part du prévôt. Il permit à sa troupe d'en profiter, mais
non sans prendre des précautions contre
toute surprise, et la moitié du détachement
restoit sous les armes tandis que les autres
étoient à table.

Pendant ce temps, il se promenoit en

long et en large dans l'appartement, causan
de différens objets avec ceux qui s'y trou
voient, en homme qui est parfaitement à so
aise.

Il fut un peu surpris d'y rencontrer Trip
totème Yellowley, qui, se trouvant par ha
sard à Kirkwall, avoit été invité par les ma
gistrats de se rendre à l'assemblée, comme
représentant, jusqu'à un certain point, l
lord chambellan. Cleveland renouvela sur-
le-champ la connoissance qu'il avoit faite
avec lui à Burgh-Westra, et lui demand
quelle affaire l'avoit amené dans les Orcades.

— J'y suis venu, répondit l'agriculteur
pour voir comment vont quelques-uns de
mes petits plans. Je suis las d'être livré au
bêtes à Éphèse; je les combats inutilement
et je voulois savoir si mon verger, que j'a
planté à quatre ou cinq milles de Kirkwall
il y a environ un an, promettoit de prospé-
rer et ce qu'avoient fait mes abeilles, don
j'avois apporté neuf essaims pour les naturali-
ser dans ce pays, et changer en miel et en
cire les fleurs des bruyères.

—Et j'espère qu'elles réussissent, dit Cle

veland, qui, quelque peu d'intérêt qu'il prît
à cette conversation, étoit bien aise de
l'entretenir pour rompre le silence sombre
et glacial que gardoit toute la compagnie.

— Si elles réussissent? répondit Triptolème; elles vont comme tout va en ce pays,
c'est-à-dire à reculons.

— C'est faute de soin, je suppose, dit
Cleveland.

— C'est tout le contraire, monsieur, préci-
sément tout le contraire, répondit le facteur. Mes ruches ont péri parce que nous en
avons pris trop de soin, comme les poulets
de Lucie Christie. — Je demandai à voir
les ruches, et le drôle qui devoit en avoir
soin paroissoit rayonnant de joie et bien content de sa personne. — Vous auriez bien pu
voir les ruches, me dit-il, mais si je n'y eusse
pris garde, vous n'y auriez pas trouvé
plus de mouches que d'oies sauvages. Je les
veillois de près, et un beau matin qu'il faisoit
soleil, je vis qu'elles s'en alloient toutes par
de petits trous qui étoient au bas de leurs
ruches, et vîte je me dépêchai de les boucher
avec de la terre glaise. Sans cela, du diable
s'il y seroit resté une mouche, une abeille

quel que soit le nom que vous leur donni
En un mot, monsieur, il avoit claquem
ces pauvres bêtes dans leurs ruches com
si elles avoient eu la peste, et mes abeil
étoient mortes comme si on les eût enfumé
Ainsi finissent mes espérances, *generan*
*gloria mellis*, comme dit Virgile.

— Adieu donc votre hydromel, dit Cl
veland; mais avez-vous quelque espoir
faire du cidre? comment va le verger?

— Hélas! capitaine, ce même Salom
de l'Ophir des Orcades, — car ce n'est p
ici qu'il faut envoyer chercher des tale
d'or, ni des talens d'esprit; — cet homm
sage, dis-je, avoit tant de tendresse pour m
jeunes pommiers, qu'il les a arrosés avec
l'eau chaude, et tout est mort, branches
racines. — Mais à quoi bon se plaindre
j'aimerois mieux que vous m'apprissiez, cap
taine, pourquoi j'entends ces bonnes ge
tant parler de pirates, et qui sont tous c
hommes de mauvaise mine, armés jusqu'au
dents comme des montagnards écossais, que j
vois dans cette salle; car j'arrive à l'instant d
l'autre côté de l'île, et je n'ai rien entendu d

en positif sur tout cela. — Et maintenant que je vous regarde vous-même, capitaine, il me semble que vous avez autour de vous plus de pistolets qu'un honnête homme n'en a besoin dans un temps de paix et de tranquillité.

— Et je pense de même, dit le vieux Haagen, triton pacifique qui jadis avoit marché, un peu à contre-cœur, à la suite de l'entreprenant Montrose; si vous aviez été dans le vallon d'Edderachyllis, où nous avons été si bien frottés par sir John Urry....

— Vous avez oublié toute l'affaire, voisin Haagen, dit le facteur; sir John Urry combattoit avec vous, et la preuve, c'est qu'il fut fait prisonnier avec Montrose, et décapité.

— Le croyez-vous? reprit le triton; je crois que vous pouvez bien avoir raison, car il a si souvent changé de parti, qu'on ne peut trop dire pour lequel il est mort. Mais une chose certaine, c'est qu'il étoit à cette bataille, et que j'y étois aussi. — Quelle bataille! je n'ai ma foi pas envie d'en voir une semblable.

5*

L'arrivée du prévôt interrompit cett[e] conversation. — Nous avons décidé, capi[-] taine, dit-il, que votre navire se rendra da[ns] la rade de Stromness ou de Scalpa-Flow po[ur] s'y ravitailler, afin qu'il n'y ait plus de qu[e-] relle entre les gens de votre équipage et n[os] habitans. Et comme vous désirez rester [à] Kirkwall pour voir la foire, nous avons de[s-] sein d'envoyer à bord de votre bâtiment u[n] homme respectable qui aidera vos gens de se[s] conseils pour doubler le promontoire et ga[-] gner la rade de Stromness, attendu que l[a] navigation dans ces parages n'est pas sa[ns] dangers.

— C'est parler comme je m'y attendois, monsieur le prévôt, dit Cleveland, c'est-à[-] dire en magistrat pacifique et sensé. — E[t] quel est l'homme respectable qui doit hono[-] rer mon bord de sa présence pendant qu[e] j'en serai absent ?

— C'est ce que nous avons aussi décidé, capitaine. Vous devez bien penser que no[us] désirions tous, à l'envi les uns des autre[s,] faire un voyage si agréable et en si bonn[e] compagnie ; mais, attendu la foire, la plupar[t]

de nous ont des affaires qui y mettent obstacle. Quant à moi, ma place me retient né-
cessairement à Kirkwall, la femme du plus
ancien de nos baillis vient d'accoucher ; le
trésorier ne peut supporter la mer ; deux autres baillis ont la goutte ; les autres sont ab-
sens de la ville, et les quinze membres du
conseil sont tous retenus par des affaires
particulières.

— Tout ce que je puis vous dire, monsieur le prévôt, dit Cleveland en élevant la
voix, c'est que j'espère que....

— Un moment de patience, s'il vous plaît,
capitaine, dit le prévôt. — Si bien donc que
nous avons résolu et arrêté que le digne
M. Triptolème Yellowley, qui est facteur du
lord chambellan de ces îles, aura la préférence sur tout autre, attendu le poste officiel
qu'il occupe, pour avoir l'honneur et le plaisir de vous accompagner.

— Moi, s'écria Triptolème fort étonné ;
et pourquoi diable irois-je avec vous ? mes
affaires sont en terre ferme.

— Ces messieurs ont besoin d'un pilote ;

lui dit le prévôt à demi-voix, et nous ne
pouvons nous dispenser de leur en donner
un.

— Ont-ils donc besoin de se briser sur la
côte? demanda Triptolème. Comment diable
pourrois-je leur servir de pilote? je n'ai de
ma vie touché un gouvernail.

— Paix! paix! silence! dit le prévôt; si
nos habitans vous entendoient, vous perdriez
à l'instant tout le respect et toute la considération que chacun a pour vous. Nous autres insulaires, nous ne faisons cas d'un homme qu'autant qu'il sait parfaitement gouverner et manœuvrer un navire. — D'ailleurs
ce n'est qu'une affaire de forme; nous vous
donnerons pour second le vieux Pate-Sin-
clair. Vous n'aurez rien à faire que boire,
manger et vous divertir.

— Boire et manger! dit le facteur, qui
ne comprenoit pas bien pourquoi on le char-
geoit si soudainement de ce service, et qui
pourtant n'étoit pas en état de se tirer des
filets du rusé prévôt; boire et manger, c'est
fort bien; mais, à vous dire la vérité, la
mer ne me convient pas mieux qu'au trésorier, et j'ai toujours meilleur appétit à terre

— Paix donc ! prenez-garde , lui dit le prévôt à voix basse, du ton d'un homme qui auroit pris à lui un vif intérêt ; voulez-vous vous perdre à jamais de réputation ? — Un facteur du lord grand chambellan des Orcades et des îles Schetland , à qui la mer ne conviendroit pas ! Autant vaudroit dire que vous êtes montagnard d'Ecosse, et que vous n'aimez pas le whiskey (1).

— Il faut que cela se termine de manière ou d'autre , messieurs, dit Cleveland, nous devrions déjà avoir levé l'ancre. — M. Triptolème Yellowley, consentez-vous à honorer mon bord de votre compagnie ?

— Bien certainement, capitaine Cleveland, bégaya le facteur, je n'aurois aucune objection à aller partout avec vous ; seulement...

— Il n'a aucune objection, dit le prévôt, l'interrompant au premier membre de sa période , sans attendre le second.

Il n'a aucune objection, s'écria le trésorier.

— Il n'a aucune objection, répétèrent en

---

(1) Liqueur forte, espèce d'eau-de-vie de grains.

chœur les quatre baillis et les quinze conseillers, chacun variant cette exclamation par
l'addition de quelques mots en l'honneur de
Triptolème, comme : le digne homme ! —
l'homme respectable ! — le brave patriote !
— la ville lui sera éternellement obligée. —
Où trouver un pareil facteur ?

Etonné et confondu des éloges dont il étoit
accablé de toutes parts, et ne concevant rien
à la nature de l'affaire dont il s'agissoit, l'a-
griculteur, interdit, se trouva incapable de refuser de jouer le rôle du Curtius de Kirkwall
dont on avoit l'adresse de le charger. Le capitaine Cleveland le remit donc entre les mains
des pirates qui lui avoient servi d'escorte, en
leur enjoignant très-strictement de le traiter
avec égards et respect. Goffe et ses compagnons se disposèrent alors à se mettre en marche et à l'emmener avec eux au milieu des applaudissemens de toute l'assemblée, de même
que jadis on ornoit de guirlandes, en poussant
des cris de joie, la victime qu'on remettoit
aux prêtres chargés d'enfaire un sacrifice pour
le salut de l'état. Ce fut pendant qu'on le conduisoit ainsi, moitié de gré, moitié de force,
hors de l'appartement, que le pauvre Tripto-

même, fort alarmé et voyant que Cleveland, en qui il avoit quelque confiance, ne l'accompagnoit pas, essaya, à l'instant où il alloit passer la porte, de faire quelques représentations.

— Mais, prévôt, capitaine, baillis, trésorier, conseillers, écoutez-moi donc ! Si le capitaine Cleveland n'est pas à bord pour me protéger, il n'y a rien de fait. — Je ne m'y rendrai pas, à moins qu'on ne m'y traîne avec des traits de charrue.

Mais cette protestation ne fut pas entendue. Elle fut noyée dans le torrent d'éloges dont les magistrats et les conseillers continuoient à l'accabler, vantant son esprit public, le remerciant de son dévoûment, lui souhaitant un bon voyage, offrant des vœux au ciel pour son prompt et heureux retour. Etourdi, déconcerté, et pensant, si pourtant il pouvoit penser en ce moment, que toutes remontrances seroient inutiles, puisque amis et étrangers, tous sembloient d'accord dans leur détermination, Triptolème se laissa conduire dans la rue sans faire aucune résistance. Alors le détachement de pirates, le plaçant au centre se mit en marche à pas lents vers le quai; un grand nombre d'habitans de la ville suivoit

par curiosité. Cependant personne ne tenta
d'inquiéter les audacieux forbans dans leur
marche, car le compromis pacifique que le
premier magistrat venoit de conclure avec
tant de dextérité avoit obtenu l'approbation
universelle, et chacun pensoit qu'un tel arrangement amiable valoit beaucoup mieux
que tout autre qu'on auroit pu obtenir par la
voie toujours douteuse d'un appel aux armes.

Tout en marchant vers le quai, Triptolème eut le temps d'examiner la physionomie, l'air et le costume des gens entre les
mains de qui on venoit de le livrer, et il commença à s'imaginer qu'il voyoit dans leurs
yeux non-seulement une expression générale
de scélératesse, mais des intentions sinistres
contre lui-même. Il étoit particulièrement
alarmé des regards féroces de Goffe, celui-
ci lui tenoit le bras d'une main qui, pour la
délicatesse, pouvoit être comparée à la te-
naille d'un forgeron, et lui lançoit du coin
de l'œil des regards obliques, semblables à
ceux que l'aigle jette sur la proie qu'il tient
dans ses serres, avant de la déchirer. Enfin la crainte d'Yellowley l'emporta sur sa
prudence, et d'une voix lamentable et étouffée par ses alarmes, il demanda à son ter-

ble conducteur : Est-ce que vous m'em-
menez pour me tuer, capitaine, contre toutes les lois de Dieu et des hommes ?

— Taisez-vous, si vous êtes sage, répondit Goffe, qui avoit ses raisons pour chercher à augmenter la terreur de son prisonnier ; il y a trois mois que nous n'avons tué
personne. — — Pourquoi nous y faites-
vous penser ?

— J'espère que vous ne faites que plai-
santer, bon et digne capitaine, répliqua
Triptolème. Ceci est pire que les sorcières,
les nains, les baleines, et les barques cha-
rifées, réunis ensemble. — C'est de bon blé
coupé en vert, sur ma conscience ! — Au
nom du ciel, quel bien vous en reviendra-
t-il si vous me tuez ?

— C'est toujours un passe-temps, répondit
Goffe. Regardez en face ces braves gens,
— —, et cherchez-en un parmi eux qui
n'aime mieux tuer un homme que de rester
à rien faire. — Mais, — — — nous parlerons
de cela plus au long quand vous aurez tâté
la cale, à moins que vous ne vous pré-
sentiez avec une bonne poignée de dollars
du Chili pour votre rançon.

4.                                    6

— Aussi vrai que je vis de pain, capitaine, dit le facteur, ce scélérat de na contrefait a emporté tout l'or et l'argent qu j'avois dans une corne.

— Neuf lanières de bon cuir attachées un manche vous le feront retrouver, répli qua Goffe, avec un sourire féroce; c'es une recette infaillible. ——— Une bonn corde serrée autour du crâne jusqu'à ce que les yeux sortent à moitié de la tête, est encore un assez bon moyen.

— Capitaine, s'écria Yellowley avec force, je n'ai pas d'argent. — Il est rare que ceux qui s'occupent d'améliorations en aient. Nous changeons les prairies en terres à labour, l'orge en avoine, les bruyères en pâturages, les marécages en champs productifs, mais rarement tous ces changemens-là font entrer quelque chose dans notre poche. Les outifs et les ouvriers prennent tout, mangent tout, et le diable n'en oublie pas sa part.

— Eh bien, dit Goffe, si vous êtes réel lement un pauvre diable, comme vous l prétendez, .... je serai votre ami. Et levan la tête pour approcher les lèvres de l'oreille du facteur qui l'écoutoit en mourant d'inquiétude : Si vous aimez la vie, ajouta-t-il, ne mettez pas le pied dans notre barque.

— Mais comment puis-je m'échapper, demanda Triptolème, quand vous me tenez le bras si serré, que je ne pourrois le dégager quand il s'agiroit de la récolte d'une année de toute l'Écosse ?

— Ecoutez-moi, goujon, répondit Goffe : quand nous serons au bord de la mer, et que vous verrez mes camarades sauter dans la barque et prendre leurs rames, je vous lâcherai le bras ; alors virez de bord, ——, et priez vos jambes de vous sauver la vie.

Triptolème ne manqua pas de suivre ce conseil. Goffe tint sa promesse, et le facteur ne se sentit pas plus tôt délivré de la main formidable qui le serroit, qu'il partit comme une balle à laquelle un bras vigoureux vient de donner l'impulsion. Il traversa toute la ville de Kirkwall avec une rapidité qui étonna tous ceux qui le virent, et qui le surprit lui-même. Il fit sa retraite avec un tel élan d'impétuosité, que, comme s'il eût vu les tenailles du pirate prêtes à s'ouvrir pour le sai-

sir de nouveau, il ne s'arrêta qu'après être
sorti de la ville, et quand il se trouva en
pleine campagne. Ceux qui furent témoins
de cette course, en le voyant sans sa cravate
et sans son chapeau, qu'il avoit perdus dans
l'effort qu'il avoit fait pour s'éloigner préci-
pitamment des pirates, — et qui eurent ainsi occasion de comparer sa taille ronde et ses
jambes courtes avec la rapidité de sa fuite,
dûrent convenir que, si la fureur donne des
armes, la frayeur prête des ailes.

On ne se mit pas à la poursuite du fuyard;
un ou deux mousquets se préparoient bien
à lui dépêcher un messager qui, quoique
d'un métal pesant, l'auroit gagné de vitesse;
mais Goffe, jouant pour la première fois de
sa vie, le rôle pacificateur, exagéra tellement les dangers qui résulteroient d'une in-
fraction à la trêve qui venoit d'être conclue
avec les habitans de Kirkwall, qu'il détermina ses camarades à s'abstenir de toute
hostilité, et ils ne songèrent plus qu'à retourner au vaisseau en toute hâte.

Les bourgeois, qui regardoient la fuite de
Triptolème comme un triomphe qu'ils avoient

remporté sur les pirates, leur firent des adieux
insultans, en poussant trois acclamations de
joie quand ils les virent s'éloigner du rivage. Cependant les magistrats n'étoient pas
sans inquiétude sur le défaut d'exécution
d'un des articles du traité conclu entre eux
et les pirates; et il est probable que, s'ils
avoient pu arrêter sans bruit le fugitif, au
lieu de célébrer par un banquet civique l'a-
gilité qu'il venoit de déployer, ils auroient
rétabli l'ôtage entre les mains de ses ennemis. Mais il leur étoit impossible de donner
publiquement leur sanction à un tel acte de
violence, et ils se contentèrent de faire veiller de près Cleveland, qu'ils résolurent de
rendre responsable de tout acte d'agression
que les pirates pourroient commettre. Cleveland, de son côté, conjectura aisément
que c'étoit pour le laisser exposé à toutes les
conséquences que Goffe avoit laissé échapper l'ôtage dont il étoit chargé. Quoiqu'il se
fiât à l'intelligence et à l'attachement de son
ami et de son partisan Jack Bunce, autrement dit Frédéric Altamont, plus qu'à toute
autre chose, il attendit pourtant les événemens avec beaucoup d'inquiétude, puisque

les magistrats, tout en continuant à le traiter avec civilité, lui avoient déclaré très-
clairement que son traitement dépendroit de
la manière dont se conduiroit son équipage,
quoiqu'il ne le commandât plus.

Il n'avoit véritablement pas tort de compter sur le dévouement et la fidélité de Bunce,
car celui-ci n'eut pas plus tôt appris de l'é-
quipage de la chaloupe la fuite de Triptolème, qu'il en conclut sur-le-champ que
Goffe l'avoit favorisée, dans l'espoir que
Cleveland étant mis à mort ou jeté en prison, il pourroit reprendre le commandement
du vaisseau.

— Mais le vieil ivrogne manquera son
coup, dit Bunce à son ami Fletcher, ou je
consens à perdre le nom de Frédéric Altamont, et à n'être jusqu'à la fin de mes jours
que Jack Bunce, ou tout ce que vous voudrez.

En conséquence, mettant en œuvre tous
les ressorts d'une éloquence navale parfaitement adaptée aux dispositions de ses audi-
teurs, il représenta à ses camarades, de la
manière la plus animée, la honte dont ils
se couvriroient s'ils souffroient que leur ca-

pitaine fût retenu à terre, sans qu'ils eussent aucun ôtage pour répondre de sa sûreté; et il réussit au point qu'indépendamment
du mécontentement qu'il excita contre Goffe,
il fit décider par tout l'équipage qu'on s'em-
pareroit du premier bâtiment un peu respectable qu'on rencontreroit, et que le navire, la
cargaison, l'équipage et les passagers répon-
droient du traitement qu'on pourroit faire
subir à Cleveland. On résolut aussi de mettre
à l'épreuve la bonne foi des habitans de Kirkwall, en quittant leur rade pour se rendre
dans celle de Stromness, où, d'après l'accord fait entre le prévôt Torf et le capitaine
Cleveland, leur sloop devoit être avitaillé.
Il fut arrêté aussi que, pendant l'intérim, et
jusqu'à ce que Cleveland pût reprendre les
fonctions de capitaine, le commandement
du navire seroit confié à un comité composé
de Goffe, d'Hawkins et de Bunce.

Toutes ces résolutions ayant été propo-
sées et adoptées, on leva l'ancre et l'on mit
à la voile, sans que la batterie de six pièces
cherchât à y mettre aucun obstacle; ce qui
les délivra d'une appréhension sérieuse, due
à leur situation mal choisie.

mmmmmmmmmmmmmmmmmmmmmmmmm

# CHAPITRE VI.

« Lâchez une bordée;
Une seconde ! --- B en ! ce vaisseau se rendra ,
Ou , criblé par nos coups , la mer l'engloutira.
SHAKESPEARE. »

UN fort joli brick qui appartenoit, ainsi que
plusieurs autres bâtimens, à Magnus Troil,
le grand Udaller des îles Schetland, avoit reçu à bord ce magnat, et ses deux aimables
filles. Le facétieux Claude Halcro, par amitié
pour le vieux chef, et par l'amour que la profession de poëte inspire toujours pour la beauté, les accompagnoit dans leur voyage à la
capitale des îles Orcades, lieu où Norna leur
avoit annoncé que ses oracles mystérieux re-
cevroient enfin une explication satisfaisante.
Ils passèrent à quelque distance des rochers
énormes de cette île solitaire qui, à une dis-

tance égale des deux archipels, est située au
milieu de la mer par laquelle les îles Schetland
sont séparées des Orcades, et qui a reçu le
nom de Belle-Ile. Après avoir éprouvé quelques vents qui les contrarièrent, ils aperçurent le Start de Sanda. A la hauteur du
promontoire qui porte ce nom, ils rencon-
trèrent un courant très-violent, bien connu
de ceux qui fréquentent ces mers, et qu'on
appelle le Roost du Start. Ce courant les
écarta considérablement de leur route, et
un vent contraire s'y étant joint, ils furent
obligés de se porter à l'est de l'île de Stronsa,
et enfin de passer la nuit à l'ancre dans la baie
de Papa ; car la navigation, pendant l'obscurité ou le brouillard, n'étoit ni agréable ni
sûre au milieu de tant d'îles basses qui cou-
vrent cette mer.

Le lendemain matin, ils se remirent en
route sous des auspices plus favorables, et
ayant côtoyé l'île de Stronsa, dont les rives
plates, verdoyantes, et comparativement
fertiles, formoient un contraste frappant
avec les rochers sauvages de leurs propres
îles, ils doublèrent le cap de Lambhead,
et cinglèrent vers Kirkwall.

Ils étoient à peine en vue de la jolie
qui est entre Pomone et Shapinsha , et
deux sœurs admiroient l'église massive
Saint-Magnus, qu'on voyoit de loin s'élev
au-dessus des autres bâtimens de Kirkw
quand les yeux de Magnus et de Cla
Halcro furent attirés par un objet qui le
parut plus intéressant. C'étoit un sloop
mé , toutes ses voiles déployées , venant
quitter son ancrage dans la baie , et à qui
vent étoit favorable , tandis qu'il étoit co
traire pour celui de l'Udaller.

— Par les ossemens de mon saint patron
s'écria Magnus, voilà un joli navire, mais
ne puis dire de quel pays, car il est sans p
villon. Je le croirois de construction esp
gnole.

— Oui , oui , dit Claude Halcro , il en
tout l'air. Il n'a besoin que de suivre le cou
du vent contre lequel nous avons à lutt
Mais c'est ainsi que va le monde. C'est un
ces bâtimens que le glorieux John Dryd
compare, dans une strophe magnifique ,
une guêpe volant sur la surface de la mer.

— La description qu'il fait à ce sujet, d
Brenda , ressemble plutôt à un vaisseau d

gne du premier rang, qu'à un sloop semblable à celui que nous avons sous les yeux ;
mais là comparaison avec une guêpe ne me
paroît applicable ni à l'un ni à l'autre.

— Une guêpe ! dit Magnus en voyant
avec quelque surprise le sloop changer de
course et arriver sur le brick ; de par Dieu,
je souhaite que nous n'en sentions pas l'aiguillon !

L'Udaller comptoit faire une plaisanterie ;
mais l'affaire devint très-sérieuse, car presqu'au même instant le sloop, sans arborer
le pavillon, et sans avoir hélé le brick, tira
contre lui deux coups de canon à boulet,
dont l'un, effleurant la surface de l'eau,
passa à une toise de l'avant du bâtiment, et
dont l'autre traversa la grande voile. Magnus prit un porte-voix, héla le sloop, lui
demanda qui il étoit, et quelle étoit la cause
de cet acte d'hostilité que rien n'avoit pro-
voqué. — Amenez pavillon, lui répondit-
on, carguez la grande voile, et vous allez
savoir qui nous sommes.

Il n'y avoit aucun moyen de refuser d'o-
béir à cet ordre, dont l'inexécution les auroit
exposés à recevoir une bordée ; et au milieu

des alarmes de Claude Halcro et des
sœurs, de la surprise et de la fureur de
daller, le brick fut obligé d'attendre le
dres du sloop. Ils arrivèrent bientôt ; le s
mit en mer sa chaloupe, et six homme
més, commandés par Jack Bunce, y
descendus , s'avancèrent vers leur p
Comme ils en approchoient, Claude H
dit à l'oreille de l'Udaller : — Si ce qu'o
des boucaniers est vrai, ces hommes, a
leurs écharpes et leurs vestes de soie ,
ont bien la mine.

— Et mes filles ! mes filles ! s'écria Magn
avec une angoisse qu'un père seul pouv
éprouver. Descendez sous le pont, mes c
res enfans, et cachez-vous, tandis que je...

Il jeta son porte-voix et saisit une pe
pique, tandis que ses filles , plus effrayées
suites que pourroit avoir son caractère i
table, que de toute autre chose, le serroi
dans leurs bras, et le conjuroient de ne fa
aucune résistance. Claude Halcro joignit
prières aux leurs, et ajouta : — Le mie
est de tâcher de les prendre par la douceu
c'est peut-être un corsaire de Dunkerque

t-être aussi est-ce un vaisseau de guerre
t l'équipage veut s'amuser.

—Non, non, répondit Magnus, c'est le
p dont Bryce Snailsfoot nous a parlé ;
is je suivrai votre avis ; je m'armerai de
ience, à cause de mes deux filles ; et ce-
dant.....

l n'eut pas le temps d'en dire davantage,
Bunce sauta à bord en ce moment avec
gens, tira son sabre, en frappa le grand
t et déclara qu'il prenoit possession du
timent.

—De quel droit, et en vertu de quels or-
s nous arrêtez-vous en mer? lui demanda
gnus.

—Des ordres ? répondit Bunce en lui
ntrant les pistolets attachés à sa ceinture et
on écharpe, suivant un usage des pirates
t nous avons déjà parlé ; en voici une
mi-douzaine, vieillard ; choisissez celui
il vous plaira, et je vous le ferai lire.

—Cela veut dire que vous avez dessein
nous voler, dit Magnus ; soit, nous n'a-
vons aucun moyen de résistance : ayez des

égards pour nos femmes, et prenez tout ce
qui vous conviendra. Vous ne trouverez
pas grand'chose; mais si vous nous traitez
convenablement, je vous promets que vous
n'y perdrez rien.

— Des égards pour des femmes ! s'écria
Fletcher, qui faisoit partie de ce détachement; et quand est-ce que nous en avons
manqué? Oui, oui, nous serons pleins d'é-
gards, et même de galanterie, qui plus est.
— Eh! regarde donc, Jack; quel joli petit
minois! De par le ciel ! elle fera une croisière avec nous, n'importe ce que devienne
le vieux Cassandre.

En parlant ainsi, il saisit d'une main Brenda, dont la frayeur étoit au comble, et de
l'autre tira en arrière le capuchon de sa mante
dont elle s'étoit caché le visage.

— Au secours, mon père ! — Au secours,
Minna! s'écria la pauvre fille épouvantée,
sans songer qu'il n'étoit pas en leur pouvoir
de lui en donner aucun.

Magnus leva la pique contre Fletcher,
mais Bunce lui retint le bras. — Prenez
garde, papa, lui dit-il, ou vous vous ferez

mauvaises affaires ; et vous, Fletcher, chez cette fille.

— Et pourquoi diable la lâcherois-je ?

— Parce que je vous le commande, Fletcher, et que si vous n'obéissez pas, nous aurons une querelle. — Et maintenant, mes charmantes, dites-moi laquelle de vous porte ce drôle de nom païen de Minna pour lequel j'ai une sorte de vénération ?

— C'est une preuve incontestable, monsieur, dit Claude Halcro, qu'il y a de la poésie dans votre cœur.

— Du moins, il y en a eu assez dans ma bouche ; mais ce temps-là est passé, mon vieux. — Il faut pourtant que je sache laquelle des deux se nomme Minna. — Découvrez-vous un peu la figure, jeunes filles, et ne craignez rien, mes charmantes Lindamires, personne ici ne vous insultera. — Sur mon âme, voilà deux jolies créatures ! je me contenterois, ma foi, de la moins gentille ; si je mens, je consens à être exposé à une tempête dans une coquille d'œuf. — Eh bien ! mes anges, laquelle de vous trouveroit agréable d'être bercée dans le hamac d'un pirate ? —

Sur mon honneur, vous y récolteriez de
œufs d'or.

Les deux sœurs se serrèrent l'une cont
l'autre, et pâlirent en entendant les prop
familiers et licencieux du jeune libertin.

— Oh ! ne craignez rien ; personne ne ser
sous le noble Altamont que volontairement
nous ne connoissons pas la presse. Mais allons, n'ayez pas l'air si effrayées : comme s
je vous parlois de choses dont vous n'eussie
jamais entendu parler. — L'une de vous
tout au moins, connoît le capitaine Cleveland, le pirate.

Brenda pâlit encore davantage ; mais le
sang monta au visage de Minna quand elle
entendit si inopinément prononcer le nom
de son amant ; car, dans la confusion de
cette scène, l'Udaller étoit le seul à l'esprit
duquel s'étoit présentée l'idée que ce sloop
pouvoit être celui dont Cleveland avoit
parlé à Burgh-Westra.

— Je vois ce que c'est, dit Bunce d'un air
familier, et j'agirai en conséquence. — Ne
craignez rien, papa, ajouta-t-il en s'adressant à Magnus ; j'ai fait payer tribut à plus

d'une jolie fille , mais les vôtres retourne-
ront à terre sans avoir à acquitter de taxe
d'aucune espèce.

—Si vous m'assurez de cela , s'écria l'U-
daller , je vous offre ce bâtiment et sa cargaison avec autant de plaisir que j'ai jamais offert
à qui que ce soit un bol de punch.

—Et ce ne seroit ma foi pas une mauvaise
chose qu'un verre de punch » , dit Bunce ,
si nous avions ici quelqu'un qui sût le préparer.

—Je m'en charge , dit Halcro , et je
ne crains personne qui ait jamais pressé un
citron. — A l'exception toutefois d'Erick
Scambester , le faiseur de punch de Burgh-
Westra.

—Et il n'est qu'à distance de grapin ,
dit Magnus. Mes filles , descendez sous
le pont , et envoyez - nous le bol et le faiseur.

—Le bol ! s'écria Fletcher ; du diable !
dites donc le baquet. Parlez d'un bol à bord
d'un misérable bâtiment marchand ; mais
avec des gens comme nous !

—Et j'espère que ces deux jolies filles re-

6 *

viendront sur le pont et rempliront mon
verre , dit Jack Bunce; il me semble que
je suis assez généreux pour qu'elles fassent
quelque chose pour moi.

— Et elles rempliront le mien aussi, ajouta
Fletcher. Elles l'empliront jusqu'au bord,
et elles auront un baiser pour chaque goutte
qu'elles y verseront.

— Cela ne sera pas vrai, s'écria Bunce.
Je veux être damné si vous en faites rien.
Il n'y a qu'un seul homme qui donnera un
baiser à Minna, et ce ne sera ni vous, ni
moi. Et quant à sa sœur, elle ne paiera point
d'écot, parce qu'elle se trouve en sa compagnie. — Que diable! on ne manque pas de
filles de bonne volonté dans les Orcades. —
Et à présent que j'y réfléchis, elles n'ont qu'à
rester sous le pont et à s'enfermer dans la
cabane , tandis que nous prendrons le punch
sur le tillac , *al fresco* , comme le papa le
propose.

— En vérité, Jack, dit Fletcher, vous
ne savez ce que vous voulez, et cela me dé-
sole. Voilà deux ans que je suis votre camarade et que je vous suis attaché ; mais je veux

tre écorché comme un bœuf sauvage, si vous n'êtes pas fantasque comme un singe. — Que nous restera-t-il ici pour nous divertir, à présent que vous avez renvoyé ces jeunes filles ?

— Quoi ! répondit Bunce en montrant Halcro, nous aurons M. le faiseur de punch que voici : il nous proposera des toasts ; il nous chantera des chansons. — Et en attendant, vous allez commander la manœuvre pour faire marcher le bâtiment. — Quant à vous, pilote, si vous voulez conserver votre cervelle dans votre crâne, ayez soin de maintenir le brick sous la poupe du sloop ; car si vous essayez de nous jouer quelque tour, je vous coule à fond comme une vieille carcasse.

Le brick mit à la voile, et s'avança lentement, en se tenant dans les eaux du sloop, qui, comme on en étoit convenu auparavant, se dirigeoit, non vers la baie de Kirkwall, mais vers une excellente rade nommée la baie d'Inganess, formée par un promontoire qui s'étend à l'est, à deux ou trois milles de la métropole des Orcades, et où les deux bâtimens

pouvoient rester commodément à l'ancre,
tandis que les forbans auroient avec les magistrats de Kirkwall les communications que le
nouvel état des choses sembloit exiger.

Pendant ce temps, Claude Halcro avoit
déployé tous ses talens pour préparer aux
pirates un énorme baquet de punch. Ils le
buvoient dans de grands verres que les simples matelots, aussi-bien que Bunce et Fletcher, qui avoient rang d'officier, y plon-
geoient sans cérémonie, tout en s'occupant de
leur besogne. Magnus, qui craignoit par-dessus tout que cette liqueur n'éveillât les passions brutales de ces hommes qu'il regardoit
comme capables de tout, fut si étonné de la
quantité qu'il les en vit boire sans que leur
raison en parût affectée le moins du monde,
qu'il ne put s'empêcher d'en témoigner sa
surprise à Bunce lui-même, qui, malgré son
air libre et familier, paroissoit, de beaucoup,
le plus civil et le plus sociable de toute la
bande, et qu'il vouloit peut-être se concilier
par un compliment dont tous les bons bibe-
rons connoissent le mérite.

— Par les os de saint Magnus, lui dit-il,

me croyois en état de tenir tête à qui que
ce fût ; mais en voyant vos gens avaler coup
sur coup, capitaine, on seroit tenté de croire
que leur estomac n'a pas plus de fond que
le trou de Laifell à Foula, que j'ai moi-même
inutilement sondé jusqu'à cent brasses de
profondeur.

— Dans notre genre de vie, monsieur,
répondit Bunce, il n'y a que la voix du
devoir, ou la fin de la liqueur qui puissent
mettre des bornes à notre soif.

— En vérité, monsieur, dit Claude Halcro, je crois qu'il n'y a pas un de vos gens
qui ne fût en état de vider la grand jarre de
Scapa qu'on étoit dans l'usage de présenter à
l'évêque des Orcades, pleine jusqu'au bord,
de la meilleure bière qu'on pût trouver.

— S'il ne s'agissoit que de bien boire pour
être évêque, répondit Bunce, j'aurois un
équipage de prélats ; mais comme ils n'ont
pas d'autres qualités cléricales, je ne veux pas
qu'ils s'enivrent aujourd'hui, et c'est pourquoi nous allons faire succéder au verre une
chanson.

— Et de par Dieu, c'est moi qui la chante-

rai , s'écria Dick Fletcher ; et il commença
sur-le-champ une vieille chanson de matelot

&laquo; Je montois un fier navire,
Tout frais sorti des chantiers ;
Nous étions, pour le conduire,
Cent cinquante mariniers. &raquo;

— J'aimerois mieux avoir la cale , s'écria
Bunce, que d'entendre cette sotte chanson.
Que l'enfer confonde votre gosier ! jamais
vous ne pouvez en tirer autre chose.

— Je chanterai ma chanson , qu'elle vous
plaise ou non , reprit Fletcher et il en-
tonna le second couplet d'une voix qu'on
pouvoit comparer au sifflement du vent du
nord—est accompagné de grésil et de frimas.

N ous avions pour capitaine
Le plus brave des marins ;
Nous allions mettre à la chaîne
Des esclaves africains. &raquo;

— Je vous dis encore une fois , s'écria
Bunce, que je ne veux pas de votre musi-
que de hibou. Je veux être damné si je sou-

e que vous restiez assis avec nous à faire ce
apage infernal.

—Et bien , dit Fletcher , je chanterai
en me promenant , et j'espère que vous n'y
rouverez pas à redire , Jack Bunce.

Et se levant effectivement , il se promena
à long et en large sur le pont , tout en beu-
lant sa longue et lamentable ballade.

— Vous voyez comment je les mène , dit
Bunce d'un air content de lui-même ; lais-
ez prendre un pied à ce drôle , et vous en
erez un mutin pour toute sa vie. Mais je le
erre de près , et il m'est attaché comme l'é-
gneul l'est à son maître après qu'il en a été
en battu à la chasse. — Et maintenant ,
monsieur , dit-il à Halcro , votre toast et
votre chanson. — Mais non , non ; seulement
une chanson , je me charge de porter un
oast , et le voici : Succès aux armes des
irates , et confusion aux honnêtes gens !

—C'est un toast auquel je ne ferai pas rai-
on , dit Magnus Troil , si je puis m'en
ispenser.

—Sans doute parce que vous vous comptez au nombre des honnêtes gens. Mais

voyons quel est votre métier, et je vous di
ce que j'en pense. Quant à notre faiseur
punch que voici, il ne m'a fallu qu'un cou
d'œil pour juger que c'est un tailleur,
par conséquent il ne doit pas avoir plus
prétentions à être honnête qu'à ne pas avo
de démangeaisons aux doigts ; et vous,
garantis que vous êtes un armateur holla
dois, qui foule aux pieds la croix quand
commerce avec le Japon, et qui renie
religion par cupidité.

— Vous vous trompez ; je suis un h
bitant des îles Schetland.

— Oh ! oh ! vous êtes de cet heureux pa
où le genièvre ne se vend qu'un groat (
la bouteille, et où il fait toujours clair

— A votre service, capitaine, répond
l'Udaller, qui réprima, non sans pein
l'envie qu'il avoit de se mettre en colère
quelque risque que ce fût, en entenda
railler sur son pays.

— A mon service ! oui, s'il y avoit
câble étendu depuis mon navire échoué j

(1) Petite pièce de monnoie.

u'à vos côtes, vous seriez à mon service
pour le couper, afin de faire de mon bâtiment
une épave, et je serois bien heureux si vous
ne me donniez pas sur la tête un bon coup du
travers de votre hache. Mais n'importe, j'a-
vale mon toast. — Et vous, M. le maître des
modes, chantez-moi une chanson, et tâchez
qu'elle soit aussi bonne que votre punch.

Halcro, priant intérieurement le ciel de
lui accorder, comme à Timothée, le pouvoir
de donner aux cœurs telles impressions qu'il
voudroit, commença une chanson dont il
présuma que l'effet seroit d'attendrir celui
du pirate.

« Jeunes filles, dont la fraîcheur
Egale la plus fraîche rose,
Ecoutez. . . . . . »

— Et moi je n'écoute rien, s'écria
Bunce ; je ne veux ni jeunes filles ni roses,
cela me rappelle quelle espèce de cargaison
nous avons sur ce bâtiment, et de par Dieu,
je veux être fidèle à mon camarade, à mon
capitaine, aussi long-temps que je le pourrai.
— Et à présent que j'y pense, je ne boirai

4. 7

plus de punch. — Ce dernier verre a fait dans ma tête une innovation, et je ne veux pas jouer aujourd'hui le rôle de Cassio. — Mais si je ne bois plus, personne ne boira.

A ces mots, il renversa d'un coup de pied le baquet de punch, qui, quoiqu'on y eût prodigieusement puisé, étoit encore à moitié plein ; se leva, secoua ses jambes, pour se remettre d'aplomb, disoit-il ; se mit le chapeau sur l'oreille, et, marchant sur le tillac avec un air de dignité, donna de vive voix et par signal l'ordre de jeter l'ancre, ordre qui fut exécuté par les deux vaisseaux, Goffe étant alors, suivant toute probabilité, hors d'état d'en donner aucun.

Pendant ce temps, l'Udaller faisoit avec Halcro des doléances sur leur situation. — Elle est assez fâcheuse, disoit-il, car ces gens-là sont de francs coquins ; et cependant, sans mes deux filles, ils ne me feroient pas peur. Ce jeune homme qui se donne des airs, et qui paroît les commander, n'est pourtant pas aussi diable qu'il semble noir.

— Son humeur est singulière, dit Halcro ; et je voudrois que nous en fussions débarrassés. Renverser le meilleur punch qu'on ait jamais fait, et me couper la parole au troisième vers de la plus jolie chanson que j'aie faite de ma vie, c'est être bien voisin de la folie, et je ne sais à quoi nous devons nous attendre.

Lorsque les deux bâtimens furent bien assurés sur leurs ancres, le vaillant lieutenant Bunce appela Fletcher, et vint se rasseoir près de ceux que nous pouvons nommer leurs captifs.

— Je vous montrerai, leur dit-il, le message que je vais envoyer à ces coucous de Kirkwall, attendu que cela vous concerne un peu. Je le ferai au nom de Dick Fletcher comme au mien, parce que j'aime à lui donner de temps en temps un peu d'importance. N'est-il pas vrai, Dick ? — Et bien, me répondrez-vous, âne stupide ? »

— Oui, Jack Bunce, oui, répliqua Dick, je ne puis en disconvenir; mais vous me rudoyez toujours de manière ou d'autre. Cependant, voyez-vous......

— Assez! Assez! Dick; ménagez votre mandibule, dit Bunce. Il se mit à écrire,

après quoi il lut la lettre à voix haute, et
elle contenoit ce qui suit :

*Aux Maire et Aldermans de Kirkwall.*

« MESSIEURS,

« Attendu qu'au mépris de la parole que
« vous aviez donnée, vous ne nous avez pas
« envoyé à bord un ôtage pour la sûreté de
« notre capitaine qui est resté à terre à votre
« requête, cette lettre a pour but de vous in-
« former que nous ne sommes pas des gens
« dont on puisse se jouer. Nous nous sommes
« emparés d'un brick à bord duquel se trouve
« une famille de distinction, et elle sera trai-
« tée sous tous les rapports comme vous trai-
« terez notre capitaine. C'est notre premier
« acte d'hostilité, et soyez bien assurés que
« ce ne sera pas le dernier dommage que nous
« ferons supporter à votre ville et à votre
« commerce, si vous ne nous renvoyez notre
« capitaine, et si vous ne faites avitailler
« notre bâtiment, conformément au traité.

« Fait à bord du brick *le Mergoose de*

« *Burgh-Westra*, à l'ancre dans la baie
« d'Inganess. *Signé* les Commandans de *la*
« *Favorite de la Fortune.* »

Après avoir fait cette lecture, il signa
FRÉDÉRIC ALTAMONT, et passa la lettre à
Fletcher pour qu'il la signât à son tour. Fletcher lut cette signature avec beaucoup de
difficulté ; mais ce nom lui parut ronflant, il
l'admira beaucoup, jura qu'il vouloit aussi
en prendre un nouveau, celui de FLETCHER
étant le plus difficile à écrire et à ortho-
graphier de tout le dictionnaire. En conséquence, il signa TIMOTHÉE TUGMUTTON.

— N'ajouterez-vous pas quelques lignes
pour ces oisons de Kirkwall ? demanda
Bunce à Magnus.

— Pas un mot, répondit l'Udaller, inébranlable dans ses principes, même dans une
occasion si délicate.—Les magistrats de Kirkwall connoissent leur devoir ; et si j'étois à
leur place.... Ici le souvenir que ses filles
étoient à la merci de ces forbans fit pâlir son
visage intrépide, et ne lui laissa pas la
force de terminer la phrase qu'il avoit com-
mencée.

— Dieu me damne, dit Bunce, qui conjectura aisément ce qui se passoit dans l'esprit de son prisonnier, cette réticence auroit produit un effet admirable au théâtre; elle auroit fait pleuvoir les applaudissemens du parterre, des galeries et des loges, comme dit Bayes.

— Qu'on ne me parle pas de Bayes! s'écria Claude Halcro, dont la tête étoit un peu échauffée par le punch; cet impudent auteur d'une satire contre le glorieux John! mais Dryden s'en est bien vengé. Ecoutez:

« Entre eux, au premier rang, on distinguoit Zimri;
« Astucieux Protée.......

— Paix ! s'écria Bunce en étouffant la voix du vieux barde par la sienne, montée sur un ton beaucoup plus élevé ; paix ! la *Répétition* est la meilleure comédie qui existe au théâtre, et, si quelqu'un ose le nier, je le forcerai à embrasser la fille de notre canonnier. — Dieu me damne! j'étois le meilleur prince Prettyman qu'on ait jamais vu sur les planches.

« Prince aujourd'hui, demain fils d'un pêcheur. »

Mais parlons d'affaires. Écoutez-moi, vieux papa : Il y a en vous une sorte d'humeur sombre et bourrue pour laquelle bien des gens de ma profession vous couperoient les oreilles, et vous les feroient griller pour votre dîner avec du poivre rouge. C'est ainsi que j'ai vu Goffe agir à l'égard d'un pauvre diable qui montroit de l'humeur en voyant couler à fond son bâtiment, à bord duquel étoit son fils unique. Mais je n'ai pas été fondu dans le même moule ; et si vos filles et vous n'êtes pas bien traités, ce sera la faute des gens de Kirkwall, et non la mienne, cela est juste. — Ainsi donc vous feriez bien de leur faire connoître la situation et les circonstances dans lesquelles vous vous trouvez. — Et cela est juste aussi.

D'après cette exhortation, Magnus prit la plume et essaya d'écrire ; mais la fierté de son âme luttoit tellement contre les inquiétudes paternelles, que sa main lui refusoit son service. — Je ne saurois qu'y faire, dit-il, après avoir essayé deux ou trois fois de tracer des caractères, qui se trouvoient toujours illisibles ; quand toutes nos vies en dépendroient, je ne puis former une lettre.

Il eut beau s'efforcer de maîtriser l'émotion convulsive qui l'agitoit, il ne put y réussir. Le saule qui plie sous l'ouragan échappe à sa violence plus aisément que le chêne qui y résiste : de même, dans de grandes calamités, il arrive souvent que les êtres légers et frivoles retrouvent leur élasticité et leur présence d'esprit plus promptement que ceux qui sont doués d'un caractère plus élevé. Heureusement Claude Halcro, en cette occasion, se trouva en état d'exécuter la tâche que les sensations plus vives de son ami ne permettoient pas à celui-ci de remplir. Il prit la plume, et expliqua, le plus brièvement possible, la situation dans laquelle ils se trouvoient, et les risques auxquels ils étoient exposés; leur faisant entendre en même temps, avec beaucoup de délicatesse, que les magistrats du pays devoient attacher plus d'importance à la vie et à l'honneur de leurs concitoyens qu'à l'arrestation et à la punition des coupables. Il eut pourtant soin de revêtir cette dernière idée d'une circonlocution, de crainte de donner de l'ombrage aux pirates.

Bunce lut la lettre, et elle eut le bonheur d'obtenir son approbation; mais quand il vit tu bas le nom de Claude Halcro, il fit une exclamation de surprise, qu'il accompagna de quelques interjections, que leur énergie nous empêche de rapporter ici : — Quoi ! dit-il, est-ce vous qui jouiez du violon dans la troupe du vieux directeur Gadabout à Hogs-Norton, lorsque j'y débutai ? J'aurois dû vous reconnoître à vos citations du glorieux John.

En toute autre circonstance, cette reconnoissance n'auroit pas été très-agréable à l'orgueil poétique du ménestrel ; mais, dans la circonstance où il se trouvoit, la découverte d'une mine d'or ne l'auroit pas rendu plus heureux. Il se rappela sur-le-champ le jeune acteur qui, en débutant dans *Don Sébastien*, avoit donné de si grandes espérances, et il ajouta très-judicieusement, que la muse du glorieux John n'avoit jamais été si bien secondée pendant tout le temps qu'il avoit été premier violon, — il auroit pu dire unique violon, — dans la compagnie de M. Gadabout.

— Oui, dit Bunce, vous avez raison ; je crois que j'aurois pu figurer sur la scène aussi bien que Booth et Betterton ; mais

j'étois destiné à me montrer sur d'autres
planches, ajouta-t-il en frappant du pied
sur le tillac, et je crois qu'il faut que j'y
reste jusqu'à ce que je n'en trouve plus
pour me soutenir (1) ; — mais à présent, mon
ancienne connoissance, je veux faire quelque
que chose pour vous. — Approchez un peu
de ce côté, il faut que je fasse avec vous un
*à parte.* Ils s'appuyèrent sur le couronnement
de la poupe, et Bunce commença à lui
parler à demi-voix d'un ton plus sérieux
qu'il n'avoit coutume de le faire. — J'en suis
fâché pour ce vieux et honnête pin de Nor-
wège, dit-il; Dieu me damne, si je ne dis
pas vrai ! — et pour ses filles aussi, d'autant
plus qu'il y en a une que j'ai des raisons particulières pour protéger. — Je ne suis pas
un saint quand je trouve une jolie fille qui
n'est pas cruelle. Mais avec des créatures si
honnêtes, si innocentes, je suis Scipion à Nu-

---

(1) Allusion à la manière dont on pend en Angleterre. Le coupable est debout sur un échafaud.
A un signal donné, une trappe s'ouvre sous ses
pieds, qui, par ce moyen n'ont plus de soutien,
et il se trouve pendu.

*( Note du traducteur. )*

...ance, Alexandre sous la tente de Darius.
...ous souvenez-vous comment je déclamois
...es vers dans *Alexandre?*

De la nuit du tombeau, l'amant le plus fidèle
Sort pour sauver l'objet d'un éternel amour.
Contre moi du tonnerre armez-vous en ce jour;
Avancez : qui pourroit m'arracher la victoire,
Quand la beauté m'appelle et que j'entends la gloire ?

Claude Halcro ne manqua pas de donner
de grands éloges à sa déclamation, et l'assu-
ra, foi d'honnête homme, qu'il avoit toujours pensé que M. Altamont donnoit à cette
tirade beaucoup plus de feu et d'énergie que
Betterton.

Bunce ou Altamont lui serra tendrement
la main. — Ah! mon cher ami , s'écria-t-il,
vous me flattez. — Mais pourquoi le public n'est-il pas doué de votre jugement? je
ne serois pas ce que vous me voyez. — Le
ciel sait, mon cher Halcro , le ciel sait avec
quel plaisir je vous garderois à bord avec
moi, pour voir un ami qui aime à entendre
les plus beaux passages de nos meilleurs au-
teurs dramatiques, comme j'aime à les déclamer. La plupart de nous sont des brutes.

— Et quant à mon ôtage pour la ville d
Kirkwall, il me traite, de par Dieu, comm
je traite Fletcher ; et plus je fais pour lu
plus il devient hargneux. Comme il sero
délicieux pour moi, par une belle nuï
entre les tropiques, pendant qu'une bri
favorable enfleroit nos voiles, de déclam
le rôle d'Alexandre à un ami qui seroit po
moi galeries, parterre et loges en mêm
temps ! — Je me souviens que vous êtes u
nourrison des muses ; qui sait si vous et m
nous ne réussirions pas à inspirer à nos co
pagnons, comme Orphée et Eurydice, u
goût plus pur, des mœurs plus douces, d
sentimens plus relevés ?

Il parloit avec tant d'onction, qu'Halcr
commença à craindre d'avoir fait son punc
trop fort, et d'avoir mêlé des ingrédiens tro
enivrans à la dose de flatterie qu'il veno
de lui administrer, redoutant que le pira
sentimental, excité par l'influence réunie d
cette double potion, n'eût le projet de le r
tenir de force pour réaliser les scènes que so
imagination lui offroit. La conjecture éto
pourtant trop délicate pour qu'Halcro os
se permettre de faire quelque tentative pou

parer son imprudence ; il se borna donc à esser à son tour la main de son ami, et à ononcer l'exclamation ₁ hélas ! du ton plus pathétique qu'il lui fut possible.

Bunce reprit la parole sur-le-champ.—Vous vez raison, mon ami, ce sont là de vains ves de bonheur, et il ne reste au malheu-ux Altamont qu'à servir l'ami auquel il faut 'il fasse ses adieux. — J'ai résolu de vous ire conduire à terre avec les deux jeunes les. Fletcher vous servira d'escorte. Appe-z-les donc, et qu'elles partent avant que le ble prenne possession de moi ou de quel-e autre. Vous porterez ma lettre aux ma-trats ; vous l'appuierez de toute votre élo-ence, et vous les assurerez bien que si l'on rache un cheveu de la tête de Cleveland, s auront bien le diable à payer.

Se trouvant fort soulagé par la conclusion attendue de la harangue de Bunce, Halcro scendit par l'écoutille deux échelons à la s, frappa à la porte de la cabane, et, dans transport qui l'agitoit, put à peine expli-er aux deux sœurs ce dont il s'agissoit. Leur ie, en apprenant qu'on alloit les conduire

à terre, fut aussi grande qu'elle étoit inatten
due. Elles se couvrirent à la hâte de leur
mantes; et quand elles apprirent que la bar
que étoit en mer, elles se hâtèrent de monte
sur le pont, où elles apprirent pour la pre
mière fois, et à leur grande consternation
que leur père devoit rester à bord du pirate

— Nous resterons avec lui, s'écria Minna
quelque risque que nous puissions couri
Nous pouvons lui être de quelque secours
ne fût-ce que pour un instant. — Nou
voulons vivre et mourir avec lui.

— Nous lui serons plus utiles, dit Brenda
qui comprenoit mieux que sa sœur la natur
de leur situation, en travaillant à engager
les magistrats de Kirkwall à faire ce que ce
messieurs leur demandent.

— C'est parler en ange d'esprit et de beau
té, s'écria Bunce; et maintenant dépê
chez-vous de partir, car Dieu me damne
je suis comme s'il y avoit une mèche allumé
dans la sainte-barbe. — Ne dites plus u
seul mot, sans quoi, je ne sais si je pourra
me décider à vous laisser partir.

— Partez, au nom du ciel, mes chères fil

, dit Magnus ; je suis entre les mains
Dieu ; et quand vous serez parties, je
aurai plus guère d'inquiétudes pour moi,
t je penserai et je dirai tant que je vivrai
que ce bon jeune homme mérite de faire un
autre métier. Partez, répéta-t-il, — partez
sur-le-champ ! — Car elles sembloient
vouloir retarder l'instant de leur séparation
avec leur père.

—Point de baisers d'adieu, s'écria Bunce,
car, de par le ciel ! je serois tenté d'en de--
mander ma part. — Vite, vîte, dans la barque. — Un moment pourtant. Il prit à part
es trois captifs à qui il alloit rendre la liberté.
Fletcher, leur dit-il, me répondra des
hommes de l'équipage, et vous descendra en
sûreté sur la côte, mais qui me répondra de
Fletcher ? je n'en vois qu'un moyen, c'est
d'offrir à M. Halcro cette petite garantie.

Et en même temps, il lui présenta un petit
pistolet à deux coups, en l'assurant qu'il étoit
chargé à balles. Minna vit la main du ménestrel trembler quand il l'avança pour recevoir
ce présent.— Donnez-moi cette arme, monsieur, dit-elle à Bunce en prenant le pis-

tolet, et fiez-vous à moi pour me défendre
ainsi que ma sœur.

— Bravo! bravo! s'écria Bunce : c'es
parler en femme digne de Cleveland, du ro
des pirates!

— Cleveland! dit Minna; voici la seconde fois que je vous l'entends nommer. Le
connoissez-vous donc?

— Si je le connois! s'écria Bunce; exis-
te-t-il quelqu'un qui connoisse mieux l'homme
le plus brave et le plus déterminé qui se soit
jamais trouvé entre une poupe et une proue?
Quand il sera hors d'embarras, et je me flatte
que cela ne sera pas long, je compte vous voir
venir sur notre bord, et y régner souveraine
de toutes les mers sur lesquelles nous navigue-
rons. — Vous avez le petit gardien, et je suppose que vous connoissez la manière de vous
en servir. Si Fletcher se conduit mal envers
vous, vous n'avez qu'à tirer avec le pouce ce
morceau de fer, — comme cela; — et s'il per-
siste, il n'y a plus qu'à placer ainsi l'index de
votre jolie main, lui faire faire ce mouvement,
et je perdrai le meilleur camarade que j'aie
eu. Au surplus si le chien désobéit à mes or-

dres, il aura mérité la mort. — Maintenant,
dans la barque. — Mais un instant! Un baiser de chacune de vous, pour l'amour de
Cleveland.

Brenda, frappée d'une terreur mortelle,
n'osa refuser ce tribut à la politesse ; mais
Minna, reculant avec un air de dédain, lui
présenta sa main. Bunce se mit à rire, et
baisa, en prenant une attitude théâtrale, la
belle main qu'elle lui offroit comme une
rançon pour ses lèvres. Enfin les deux sœurs
et Halcro descendirent dans la barque dont
Fletcher avoit le commandement, et qui
s'éloigna aussitôt du navire.

Bunce resta sur le tillac, et fit un soli-
loque à la manière de son ancienne profession : — Si l'on contoit aujourd'hui pareille
chose à Port-Royal, ou dans l'île de la Providence, ou au Petit-Goave, que diroit-on
de moi ? que je suis un benêt, un nigaud,
un âne. Eh bien, à la bonne heure ! J'ai fait
assez de mal dans ma vie pour y songer ; je
puis bien faire une fois une bonne action,
ne fût-ce que pour la rareté du fait. Cela
vous réconcilie avec vous-même. Se tournant alors vers Magnus : — De par le ciel,

7*

dit-il, quels anges vous avez pour filles
l'aînée feroit sa fortune sur un théâtre de
Londres. Quelle attitude elle avoit en prenant mon pistolet ! Dieu me damne, les applaudissemens auroient renversé les murail-
les. Quelle Roxelane la drôlesse auroit faite !
( Car, dans ses discours, Bunce, comme
Thomas Cécial, le compère de Sancho,
étoit assez porté à employer le mot le plus
énergique qui se présentoit à lui, sans trop
examiner s'il étoit convenablement em-
ployé ). Je donnerois ma part de la première prise que nous ferons pour l'entendre
déclamer :

« Va-t'en ! retire-toi ! fais place à l'ouragan,
Ou mon souffle vengeur te réduit en poussière.
Va-t'en ! Qu'est la folie auprès de la colère ? »

Et ensuite, cette petite nymphe tremblante,
si douce, si timide, que je voudrois l'entendre dire comme *Statira :*

« Il fait tant de sermens, jure avec tant de grâce !
Unit si bien l'amour, le respect et l'audace,
Que, même en vous trompant, il vous ouvre le ciel. »

Quelle pièce nous aurions pu monter ! —J'ai

été une bête de ne pas y penser avant de les laisser partir.—Moi, *Alexandre ;* Claude Halcro, *Lysimaque,* et mon vieil ôtage auroit été un digne représentant de *Clytus.*—J'ai été un véritable sot de ne pas y penser !

Il y avoit dans cette effusion beaucoup de choses qui auroient déplu à l'Udaller ; mais le fait est qu'il n'y fit aucune attention. Ses yeux d'abord, et enfin sa lorgnette, s'occupoient à suivre ses filles dans leur voyage. Il les vit débarquer avec Halcro et un autre homme, sans doute Fletcher ; ensuite monter une colline, et prendre la route de Kirkwall ; il distingua même Minna qui, comme si elle se fût crue chargée de veiller à la sûreté générale, marchoit seule à quelques pas de distance, semblant en garde contre toute surprise, et prête à agir suivant que l'occasion l'exigeroit. Enfin, à l'instant où il alloit les perdre de vue, il eut la satisfaction de voir qu'ils s'arrêtoient, et qu'après une pause probablement destinée aux adieux, le pirate se sépara des trois autres, et reprit le chemin du rivage. Rendant de ferventes actions de grâces au sou-

verain Être qui le délivroit ainsi des plus
cruelles inquiétudes qu'un père puisse éprouver, le digne Udaller, à compter de ce moment, attendit avec résignation le sort qui
pouvoit lui être réservé.

vvv

# CHAPITRE VII.

« Graviasez les rochers les plus inaccessibles ,
  Sondez la profondeur des mers ,
  Elevez-vous au sein des airs ,
  Pénétrez des tombeaux les ténèbres terribles ,
  L'amour, pour vous y suivre , a cent chemins divers »

*Ancienne chanson.*

CE qui détermina Fletcher, au moins en
partie, à se séparer de Claude Halcro et des
deux sœurs qu'il accompagnoit, ce fut la vue
d'un petit détachement d'hommes armés
qu'il aperçut à quelque distance, et qui venoient du côté de Kirkwall. L'Udaller ne put
les voir, parce qu'ils lui étoient cachés par
une hauteur; mais ils étoient visibles pour
le pirate, et il se détermina à pourvoir à sa
sûreté en retournant prómptement vers sa

barque. Il alloit partir, quand Minna occa-
sionna le court délai que son père avoit re-
marqué.

— Arrêtez, lui dit-elle, je vous l'or-
donne.—Dites à votre chef de ma part que
quelle que soit la réponse qu'il recevra de
Kirkwall, il n'en conduise pas moins son
vaisseau dans la rade de Stromness; qu'il y
jette l'ancre; et qu'il envoye une barque à
terre pour prendre le capitaine Cleveland
quand il verra de la fumée s'élever du pont
de Broisgar.

Fletcher avoit grande envie d'imiter son
camarade Bunce, et de demander un baiser
à chacune des deux jolies sœurs en récompense de la peine qu'il avoit prise de les escorter; et ni la crainte de la troupe qu'il
voyoit avancer, ni celle du pistolet dont
Minna étoit armée, ne l'auroient peut-être
empêché d'être insolent. Mais le nom de
son capitaine, et surtout le ton d'autorité et l'air de dignité que prit Minna, lui
en imposèrent. Il la salua, lui promit d'a-
voir l'œil au guet, retourna à sa barque, et
porta à bord du vaisseau le message dont
elle l'avoit chargé.

Tandis qu'Halcro et les deux sœurs s'avançoient vers le détachement qu'ils avoient aperçu sur la route de Kirkwall, et qui de son côté avoit fait halte comme pour les observer, Brenda, soulagée des craintes que lui inspiroit la présence de Fletcher, qui lui avoit fait garder le silence jusqu'alors, s'écria : — Ciel miséricordieux ! ô Minna ! dans quelles mains nous avons laissé notre père !

— Dans les mains d'hommes braves, répondit Minna avec fermeté ; je ne crains rien pour lui.

— Braves, si vous voulez, dit Claude Halcro ; mais ce n'en sont pas moins de très-dangereux coquins. — Je connois ce drôle d'Altamont, comme il se fait appeler, quoique ce ne soit pas son véritable nom. Jamais chien plus enragé n'a hurlé des vers dans une grange. Il a débuté par Barnevelt, et chacun croyoit qu'il finiroit par la potence, comme dans *Venise sauvée.*

— Peu importe, répondit Minna ; plus les vagues sont furieuses, plus la voix qui leur commande est puissante. Le nom seul

de Cleveland inspire le respect au plus fé
roce d'entre eux.

— Si tels sont les compagnons de Cleve
land, dit Brenda, j'en suis fâché pour lui.
Mais son sort m'inquiète fort peu, en com
paraison de celui de mon père.

— Réservez votre compassion pour ceux
qui en ont besoin, dit Minna, et ne crai
gnez rien pour notre père. Dieu sait que
chacun des cheveux blancs de sa tête m'est
plus précieux que tous les trésors contenus
dans la mine la plus riche; mais je sais qu'il
ne court aucun danger sur ce vaisseau, et
qu'il sera bientôt en sûreté sur le rivage.

— Je voudrois déjà l'y voir, dit Claude
Halcro; mais je crains que les magistrats de
Kirkwall, en supposant que Cleveland se
trouve être ce que je crains qu'il ne soit,
n'osent ordonner son échange contre l'U
daller. Les lois écossoises sont fort sévères
contre ce qu'elles appellent les voleurs de
mer.

— Mais qui sont, demanda Brenda, ces
gens arrêtés là-bas sur la route, et qui sem
blent nous considérer avec tant d'attention?

— C'est une patrouille de miliciens, ré

pondit Claude Halcro. — Le glorieux John
les traite un peu sévèrement dans les vers
suivans, mais Dryden étoit jacobite quand
il les fit.

« Bouches sans bras , qu'on nourrit à grands frais,
Nuls dans la guerre, et fort à charge en paix ,
Un jour par mois ayant l'air militaire,
Et toujours prêts quand on n'en a que faire. »

Je présume qu'ils ont fait halte quand ils
nous ont aperçus sur le haut de la colline ,
de crainte que nous ne fussions un détachement de l'équipage du sloop ; mais à présent
qu'ils peuvent distinguer vos jupons, les
voilà qui avancent bravement.

Ils ne tardèrent pas à arriver, et, comme
Halcro l'avoit deviné , c'étoit une patrouille
de milice chargée de surveiller les mouvemens des pirates, et de les empêcher de faire
quelques descentes pour ravager le pays.

Ils félicitèrent cordialement Claude Halcro, qui étoit connu de plusieurs d'entre eux
sur sa délivrance de captivité ; et le com-

4                                                       8

mandant, après avoir offert aux deux sœurs
tous les secours dont elles pourroient avoir
besoin, leur témoigna tout son regret de la
malheureuse position dans laquelle se trouvoit leur père, et ne put s'empêcher de leur
faire pressentir, quoique d'une manière délicate et avec l'apparence du doute, que bien
des difficultés pourroient mettre obstacle à
sa mise en liberté.

Lorsqu'elles furent arrivées à Kirkwall,
et qu'elles eurent obtenu une audience du
prévôt et de quelques magistrats, ces difficultés leur furent indiquées d'une manière
plus positive. — La frégate *l'Alcyon* est à
la côte, dit le prévôt, on l'a vue à la hauteur
du promontoire de Dunscansbay; et, quoique j'aie le plus profond respect pour
M. Troil, de Burgh-Westra, je m'exposerois
à une grande responsabilité, si je relâchois
de prison le capitaine d'un tel vaisseau par
considération pour la sûreté de quelque individu que ce soit. Chacun sait maintenant
que ce Cleveland est le bras et l'âme de ces
boucaniers. Puis-je donc le renvoyer sur son
bord, pour qu'il aille piller le pays, et peut-

être livrer combat à un vaisseau du roi? car il a assez d'impudence pour tout entreprendre.

— Vous voulez dire assez de courage, M. le prévôt, dit Minna, incapable de dissimuler son mécontentement.

— Vous y donnerez le nom qu'il vous plaira, miss Troil, répondit le magistrat; mais à mon avis, le courage qui porte à se battre un contre deux n'est véritablement autre chose qu'une sorte d'impudence.

— Mais notre père, s'écria Brenda d'un ton suppliant, notre père qui est l'ami, je puis dire le père de tout son pays, qui y répand tant de bienfaits; de qui tant de gens dépendent pour leur existence; dont la perte seroit comme l'extinction d'un phare dans une tempête; pourriez-vous hésiter à le délivrer des dangers qu'il court, quand il ne s'agit pour cela que d'une bagatelle, de laisser sortir de prison un infortuné, et de l'abandonner ensuite à sa destinée?

—Miss Brenda a raison, dit Claude Halcro; mais n'y auroit-il pas moyen d'arranger les choses? Qu'est-il besoin d'un mandat de mise en liberté? Voulez-vous suivre l'avis d'un cerveau un peu timbré, prévôt ? Que le geôlier oublie de fermer le verrou, ou bien qu'il laisse un coin de croisée entr'ouverte ; nous serons débarrassés du forban, et nous aurons, d'ici à cinq heures, un des plus dignes habitans des îles Schetland et des Orcades attablé avec nous autour d'un bol de punch.

— Le prévôt lui répondit, à peu près dans les mêmes termes qu'il l'avoit déjà fait, qu'il avoit le plus grand respect pour M. Magnus Troil, de Burgh-Westra, mais que sa considération pour un individu, quel qu'il pût être, ne pouvoit l'empêcher d'accomplir ses devoirs.

Minna s'adressa alors à sa sœur d'un ton plein de sarcasme et qui annonçoit son mécontentement. — Vous oubliez, Brenda, lui dit-elle, à qui vous parlez de la sûreté d'un pauvre et obscur Udaller des îles Schetland, et que le personnage à qui vous vous adressez n'est rien moins que le premier magistrat de la métropole des Orcades. Pouvez-vous vous attendre qu'un homme si important daigne descendre jusqu'à un objet si peu digne de l'occuper ? Le prévôt acceptera les propositions qui lui sont faites; il faudra bien qu'il les accepte; mais il prendra du temps pour y songer, jusqu'à ce que la cathédrale de Saint-Magnus lui tombe sur les oreilles.

— Vous êtes fâchée contre moi, ma jeune et jolie demoiselle, lui répondit le prévôt d'un ton de bonne humeur, mais je ne me fâcherai pas contre vous. L'église de Saint-Magnus est solidement établie sur ses fondations; ses murs existent depuis de longues années, et je crois qu'ils existeront long-temps encore après vous et moi, et surtout après une bande de coquins à pendre. Indépendamment de ce que votre père est presque mon compatriote, puisqu'il a des propriétés et des parens parmi nous, je puis vous assurer que je rendrois service à un habitant des îles Schetland avec autant de plaisir qu'à un citoyen des Orcades, à l'exception, bien entendu, des natifs de Kirkwall, qui, sans contredit, ont droit à quelque préférence. — Si vous voulez toutes deux accepter un logement chez moi, ma femme et moi nous tâcherons de vous prouver que vous êtes les bien-venues à Kirkwall, comme si vous arriviez à Lerwick ou à Scalloway.

Minna ne daigna pas répondre à cette obligeante invitation. Brenda la refusa avec civilité, en faisant valoir la nécessité où sa sœur et elle se trouvoient de prendre leur logement chez une de leurs parentes, riche veuve de Kirkwall, qui les attendoit.

Halcro fit encore une tentative pour émouvoir le prévôt, mais il le trouva inébranlable. — Le receveur des douanes, répondit le magistrat, l'avoit déjà menacé de le dénoncer, pour avoir fait avec ces étrangers un traité qu'il appeloit une collusion, quoiqu'il n'eût pris ce parti que parce qu'il l'avoit regardé comme le seul moyen d'éviter une effusion de sang dans la ville. Si maintenant il ne profitoit pas de l'avantage que donnoient l'emprisonnement de Cleveland et l'évasion du facteur, il pourroit s'exposer à quelque chose de pire que la censure. Au total son refrein étoit qu'il en étoit fâché pour l'Udaller, qu'il en étoit même fâché pour Cleveland, qui ne paroissoit pas dénué de tout sentimen d'honneur, mais que son devoir étoit impérieux, et qu'il étoit obligé de l'accomplir. Il mit fin à la conférence en disant qu'il alloit s'occuper d'une autre affaire qui concer-

noit aussi un habitant des iles Schetland.
Un M. Mertoun, demeurant à Iarlshof, avoit
fait une plainte contre Snailsfoot, marchand
forain, qu'il accusoit de s'être emparé frau-
duleusement, de concert avec une de ses
servantes, de divers objets qui lui avoient
été remis en dépôt. Il alloit donc faire une
information à ce sujet, afin de faire resti-
tuer ces effets à M. Mertoun, qui en étoit
responsable envers le propriétaire légitime.

Dans tous ces détails, il n'y avoit d'intéressant pour les deux sœurs que le nom de
Mertoun, nom qui fut un coup de poignard
pour le cœur de Minna, en lui rappelant les
circonstances de la disparition de Mordaunt,
et qui, faisant naître dans le cœur de Brenda
une émotion d'une nature mélancolique,
quoique bien moins pénible, rendit ses joues
plus vermeilles et ses yeux un peu humides.
Mais il étoit évident qu'il étoit question de
Mertoun père et non de Mordaunt; et comme
cette affaire n'avoit aucun intérêt pour les
filles de Magnus, elles prirent congé du prévôt pour se rendre chez leur parente.

Dès qu'elles y furent arrivées, Minna

chercha à apprendre, par les questions qu'elle
put faire sans exciter de soupçon, quelle étoit
la situation de l'infortuné Cleveland, et elle
apprit bientôt qu'elle étoit excessivement
précaire. Le prévôt, à la vérité, ne l'avoit
pas mis au cachot, comme Claude Halcro
l'avoit supposé, se rappelant sans doute les
circonstances favorables avec lesquelles il
s'étoit livré entre ses mains, et éprouvant une
sorte de répugnance à lui manquer tout-à-fait
de foi avant le moment de la dernière nécessité. Mais, quoiqu'il fût en apparence en
liberté, il étoit strictement surveillé par
des gens bien armés, chargés d'employer la
force pour le retenir, s'il tentoit d'outre-
passer les étroites limites qui lui avoient
été fixées. On l'avoit logé dans ce qu'on
appelloit le Château-du-Roi ; pendant la
nuit, la porte de sa chambre étoit fermée aux
verroux, afin qu'il ne pût en sortir, et l'on
prenoit même la précaution d'y placer une
garde. Il ne jouissoit donc que de ce degré de
liberté que le chat, dans ses jeux cruels veut
bien quelquefois donner à la souris qu'il a
prise. Cependant telle étoit la terreur qu'inspiroient les ressources, le courage et la féro-

cité qu'on supposoit au capitaine pirate, que le receveur des douanes et beaucoup d'autres prudens citoyens de Kirkwall blâmoient le prévôt de ne point le tenir plus resserré.

On peut bien croire que, dans de telles circonstances, Cleveland n'avoit aucune envie de se montrer en public, convaincu, comme il l'étoit, qu'il n'y seroit qu'un objet de curiosité et de terreur. Sa promenade favorite étoit donc dans les ailes de la cathédrale de Saint-Magnus, dont l'extrémité située du côté de l'orient étoit seule destinée à l'exercice du culte public. Cet antique et vénérable édifice, ayant échappé aux ravages qui accompagnèrent les premières convulsions de la réforme, conserve encore aujourd'hui quelques restes de grandeur épiscopale. L'endroit qui sert au culte est séparé par une grille de la nef et de la partie occidentale, et tout le bâtiment est maintenu dans un état de décence et de propreté qui pourroit servir d'exemple aux orgueilleux édifices de Westminster et de Saint-Paul.

C'étoit dans cette partie de l'église, qui n'étoit plus destinée au culte, que Cleveland

pouvoit se promener avec d'autant plus de liberté, que ses gardes, en veillant sur la seule
porte ouverte par où l'on pouvoit y entrer,
avoient le moyen, sans se gêner beaucoup,
d'empêcher qu'il ne pût s'échapper. Cet endroit convenoit parfaitement par lui-même
à la situation mélancolique dans laquelle il se
trouvoit. La voûte s'élève sur des rangées de
piliers massifs d'architecture saxonne, dont
quatre, encore plus massifs que les autres,
soutenoient autrefois le clocher, qui, ayant
été renversé par accident il y a déjà long-
temps, a été reconstruit sur un plan tronqué
et hors de proportion avec le reste de l'édifice. La lumière, du côté de l'orient, entre
par une grande fenêtre gothique, richement
ornée et bien proportionnée, et le sol est couvert d'inscriptions en différentes langues dis-
tinguant les tombeaux des nobles habitans
des îles Orcades qui, à différentes époques,
avoient été ensevelis dans cette enceinte.

C'étoit-là que se promenoit Cleveland, ré-
fléchissant aux événemens d'une vie mal em-
ployée, qui alloit probablement se terminer
d'une manière honteuse et violente, tandis
qu'il étoit encore dans la fleur de la jeunesse.

— Bientôt je serai compté parmi ces morts, disoit-il en regardant le marbre sur lequel il marchoit; mais un saint homme ne prononcera pas une bénédiction sur ma dépouille mortelle ; la main d'un ami ne gravera pas une inscription sur ma tombe ; l'orgueil d'une famille ne fera pas sculpter des armoiries sur le sépulcre du pirate Cleveland. Mes ossemens blanchis, suspendus par des chaînes à un gibet sur quelque rive déserte, ou sur le haut d'un cap solitaire, en feront un lieu de mauvais augure qui fera maudire ma mémoire. Le vieux marin, en passant dans ces eaux, secouera la tête en apprenant mon nom à ses jeunes compagnons, et leur contera mon histoire pour qu'ils y puisent une leçon. — Mais Minna ! — Minna ! — quelles seront tes pensées quand tu apprendras mon sort? Plût au ciel que cette nouvelle fût engloutie dans le plus profond des gouffres qui se trouvent entre Kirkwall et Burgh-Westra, avant qu'elle frappe ton oreille ! — Plût au ciel que nous ne nous fussions jamais vus, puisque nous ne devons plus nous revoir !

Tout en parlant ainsi, il leva les yeux, et

Minna Troil étoit devant lui. Son visage étoit couvert d'une pâleur mortelle, sa chevelure en désordre, mais son regard ferme et tranquille, et sa physionomie avoit son expression ordinaire de mélancolie et de fierté. Elle étoit encore enveloppée de la grande mante qu'elle avoit prise en quittant le sloop. La première émotion de Cleveland fut celle de la joie; la seconde, la surprise mêlée d'une sorte de crainte. Il allait s'écrier, — il allait se jeter à ses pieds; mais elle calma ses transports et lui imposa silence en levant un doigt, et en lui disant à voix basse, mais d'un ton d'autorité : — Soyez prudent, — on nous observe, — il y a du monde à la porte;—on ne m'a laissée entrer qu'avec difficulté. Je n'ose rester long-temps, on pourroit croire.... on croiroit.... ô Cleveland, j'ai tout hasardé pour vous sauver.

— Pour me sauver ! Hélas ! pauvre Minna, me sauver est impossible. — C'est bien assez pour moi d'avoir pu vous revoir, ne fût-ce que pour vous faire d'éternels adieux.

— Il n'est que trop vrai, Cleveland; il faut nous dire adieu. Votre destin et vos

rimes nous ont séparés pour toujours. —
J'ai vu vos compagnons. Ai-je besoin de
vous en dire davantage ? Ai-je besoin de
vous dire que je sais maintenant ce qu'est
un pirate ?

— Vous auriez été en leur pouvoir ! s'é-
cria Cleveland en tressaillant de désespoir ;
les scélérats auroient-ils osé....

— Non, Cleveland, ils n'ont rien osé.
Votre nom a été pour eux un talisman dont
le pouvoir en a imposé à ces bandits féroces ;
et c'est par là que je me suis rappelé les
qualités que j'avois crues autrefois appartenir à mon Cleveland.

— Oui, dit Cleveland avec orgueil, mon
nom leur en impose, leur en imposera au
milieu même de leurs plus grands excès.
S'ils vous avoient insultée par une seule parole, ils auroient vu.... Mais où me laissé-
je emporter? — Je suis prisonnier.

— Vous allez cesser de l'être. Votre sûreté, celle de mon père, tout exige que vous
soyez libre à l'instant. J'ai conçu un projet
pour vous remettre en liberté, et en l'exé-
cutant avec hardiesse, il ne peut échouer.

— Le jour est tombé. — Enveloppez-vous
de cette mante, et vous passerez sans peine
au milieu de vos gardes. Je leur ai donné
les moyens de se divertir, et ils ne pensent
pas à autre chose. — Hâtez-vous de vous
rendre sur les bords du lac de Stennis, et
cachez-vous jusqu'au point du jour. Alors
allumez un feu qui produise beaucoup de
fumée, à l'endroit où la terre, s'avançant de
chaque côté dans le lac, le divise presque
en deux parties, au pont de Broisgar. Votre
vaisseau, qui n'en est pas bien loin, vous
enverra une barque. — N'hésitez pas un
instant !

— Mais vous, Minna, quand ce projet
bizarre réussiroit, que deviendriez-vous ?

— Quant à la part que j'aurai prise à votre évasion, la pureté de mes intentions, —
oui, leur pureté me justifiera en face du
ciel; et la sûreté de mon père, dont le destin dépend du vôtre, sera mon excuse envers les hommes.

Elle lui fit alors en peu de mots l'histoire
de leur prise et des conséquences dont elle
avoit été suivie. Cleveland leva les yeux et les
mains vers le ciel pour lui rendre des actions

de grâces de ce qu'il n'avoit pas permis que les deux sœurs fussent insultées par ses compagnons, et il ajouta à la hâte : — Oui, Minna, vous avez raison, il faut tout risquer pour tenter de fuir ; la sûreté de votre père l'exige. Nous allons donc nous séparer, mais j'espère que ce ne sera pas pour toujours.

— Pour toujours ! répéta une voix qui sembloit sortir du fond des sépulcres.

Ils tressaillirent, jetèrent les yeux autour d'eux, et se regardèrent ensuite l'un l'autre. Ils auroient pu croire que les échos des voûtes avoient répété les dernières paroles de Cleveland ; mais le ton d'emphase avec lequel ces deux mots avoient été prononcés ne permettoit pas cette supposition.

— Oui, pour toujours, dit Norna de Fitful-Head, qui s'avança de derrière un des piliers massifs qui soutiennent le toit de cette cathédrale. — Le pied sanglant et la main sanglante se sont rencontrés ici. — Il est heureux pour tous deux que la blessure d'où ce sang a coulé se soit fermée, — surtout pour celui qui l'a versé. — Oui, vous vous êtes rencontrés ici, et c'est pour la dernière fois.

— Non, dit Cleveland, qui sembloit se disposer à prendre la main de Minna; tant que je vivrai, ma séparation d'avec Minna ne peut être prononcée que par elle.

— Renoncez à cette vaine folie, dit Norna, en se plaçant entre eux. Ne nourrissez pas l'espérance inutile de vous revoir un jour. — C'est ici que vous vous séparez, et c'est pour toujours. — Le faucon ne prend pas la colombe pour compagne. — Le crime ne peut s'allier à l'innocence. — Minna Troil, vous voyez pour la dernière fois cet homme audacieux et criminel. — Cleveland, vous voyez pour la dernière fois Minna Troil.

— Et vous imaginez-vous, s'écria Cleveland avec l'accent de l'indignation, que ce ton d'oracle m'en impose? Croyez-vous que je sois du nombre de ces insensés qui voient dans votre prétendue puissance autre chose que de la fourberie?

— Silence, Cleveland, silence! dit Minna, dont la crainte, mêlée d'un respect reliieux que lui inspiroit Norna, étoit encore augmentée en ce moment par son apparition soudaine. —Prenez bien garde! Elle est puissante! — Elle n'est que trop puissante! — Et vous, Norna, songez que de la sûreté du Cleveland dépend celle de mon père.

— Il est heureux pour Cleveland que je m'en sois souvenue, répliqua la pythonisse, et que, pour l'amour de l'un, je sois ici pour les sauver tous deux. — Quel projet ridicule que celui de vouloir faire passer pour une jeune fille un homme de cette taille! Quel en auroit été le résultat? Des chaînes et des verroux. — C'est moi qui le sauverai. C'est moi qui le placerai en sûreté à bord de sa barque. Mais qu'il renonce à jamais à ces parages! Qu'il porte dans d'autres contrées la terreur de son pavillon noir, et de son nom plus noir encore! Si le soleil se lève deux fois et le trouve encore à l'ancre, que son sang retombe sur sa tête! — Oui, regardez-vous encore une fois; c'est le dernier regard que je permets à l'affection de deux foibles créatures; et dites, si vous avez la force de le dire: Adieu, pour toujours!

8 *

— Obéissez-lui, s'écria Minna ; point de remontrances ; obéissez-lui.

Cleveland lui saisit la main, la baisa avec ardeur, et lui dit d'une voix si basse qu'elle seule put l'entendre : Adieu, Minna ; mais non pas pour toujours !

— Maintenant, jeune fille, dit Norna, retirez-vous, et laissez à la Reim Kennar le soin du reste.

— Un mot encore, et je vous obéis, répond Minna. Dites-moi si je vous ai bien comprise. — Mordaunt Mertoun est-il vivant ? N'est-il plus en danger ?

— Il vit, il est en sûreté, répondit Norna ; sans quoi, malheur à la main qui a répandu son sang !

Minna regagna à pas lents la porte de la cathédrale, et se retourna plusieurs fois pour regarder Norna et Cleveland. A la seconde, elle les vit se mettre en marche. Cleveland suivoit la pythonisse, qui s'avançoit d'un pas lent et solennel vers le fond d'une des ailes de l'église. Quand elle se retourna pour la troisième, ils n'étoient plus visibles. Elle chercha à reprendre son sang-froid, et s'approcha de la porte située vers l'orient, par

elle étoit entrée. Elle s'y arrêta un instant, et entendit un des gardes qui étoient
dehors prononcer ces paroles :

— Cette jeune fille des îles Schetland reste
bien long-temps avec ce coquin de pirate.
J'espère qu'il n'est question entre eux que
de la rançon du père.

— Ah ! ah ! répondit un autre, les
jeunes filles ont plus de pitié pour un beau
jeune homme, tout pirate qu'il est, que pour
un vieux bourgeois qui va mourir dans son

Ici leur conversation fut interrompue par
l'arrivée de celle dont ils parloient, et, comme
s'ils se fussent sentis pris sur le fait, ils ôtè-
rent leur chapeau, saluèrent d'un air gauche, et parurent un peu confus.

Minna retourna à la maison où elle logeoit,
fort affectée, mais au total, satisfaite du résultat de son expédition, qui sembloit mettre
son père hors de danger, lui garantir l'évasion de Cleveland, et l'assurer de la sûreté de
Mordaunt. Elle se hâta de faire part de ces
nouvelles à Brenda, qui se joignit à elle pour
rendre grâce au ciel, et qui se laissa presque
persuader de croire elle-même aux pouvoirs

surnaturels de Norna, tant elle étoit encha___
tée de la manière dont elle venoit d'en fai___
usage.

Elles passèrent quelque temps à se félicite___
mutuellement, et l'espérance leur arracho___
encore des larmes qui n'étoient pas sans mé___
lange d'appréhension, lorsqu'à une heur___
assez avancée, elles furent interrompues pa___
Claude Halcro, qui, d'un air d'importance___
mêlée de crainte, venoit les informer que le___
prisonnier Cleveland avoit disparu de l___
cathédrale, où on lui avoit laissé la liberté___
de se promener, et que le prévôt, ayant été___
informé que Minna avoit favorisé son évasion, étoit en route pour venir l'interroge___
sur cet événement.

Quand le magistrat fut arrivé, Minna ne lui___
cacha point le désir qu'elle avoit que Cleveland s'échappât, attendu qu'elle ne voyoit___
aucun autre moyen pour sauver son père___
des dangers qui le menaçoient. Mais elle nia___
positivement qu'elle eut le moins du monde___
facilité sa fuite, et déclara qu'elle avoit___
laissé Cleveland dans la cathédrale, il y avoit___
plus de deux heures, avec une autre per-

sonne dont elle ne se croyoit pas obligée de lui dire le nom.

— Cela n'est pas nécessaire, miss Minna Troil, répondit le prévôt Torfe, car, quoiqu'on n'ait vu entrer ce soir que vous et Cleveland dans l'église de Saint-Magnus, nous n'ignorons pas que votre cousine, la vieille Ulla Troil, que vous autres Schetlandois appelez Norna de Fitful-head, a croisé dans nos parages par terre, par mer, et peut-être à travers les airs, à cheval, en barque ou sur un manche de balai. On a vu aussi son *Drow* muet, aller, venir, et espionner de côté et d'autre tout ce qui se passoit ; et c'est un excellent espion, car il entend tout, et ne dit rien, si ce n'est à sa maîtresse. Nous savons en outre qu'elle peut entrer dans l'église quand toutes les portes en sont fermées, car on l'y a vue plus d'une fois, Dieu nous sauve du malin esprit ! Ainsi, sans vous en demander davantage, je conclus que c'est la vieille Ulla que vous avez laissée dans l'église avec ce garnement, et en ce cas, les attrape qui pourra. Cependant, miss Minna, je ne puis m'empêcher de dire que vous autres Schetlandois, vous semblez oublier l'évangile aussi-bien que les lois humaines, quand vous avez recours à la sorcellerie pour tirer des coupables d'une prison où ils sont légalement détenus ; et le moins que vous puissiez faire, votre cousine, votre père et vous, c'est d'employer toute votre influence sur ce mécréant pour l'engager à s'éloigner d'ici le plutôt possible, sans nuire à notre ville ni à notre commerce. En ce cas, il n'y aura pas grand mal à tout ce qui s'est passé, car Dieu sait que je ne désirois pas la mort de ce pauvre diable, pourvu qu'on n'eût rien à me reprocher à son égard ; et j'étois encore bien plus éloigné de souhaiter que son emprisonnement pût avoir des suites fâcheuses pour le digne Magnus Troil de Burgh-Westra.

— Je vois où le bât vous blesse, monsieur le prévôt, dit Claude Halcro ; je puis vous assurer, pour mon ami M. Magnus Troil et pour moi-même, que nous dirons et ferons tout au monde pour engager ce Cleveland à s'éloigner de nos côtes sur-le-champ.

— Et je suis si convaincue, ajouta Minna, que ce que vous désirez à cet égard est ce qui convient le mieux à toutes les parties, que ma sœur et moi nous partirons demain matin de bonne heure pour le château de Stennis, si M. Halcro veut bien nous y escorter, pour y recevoir mon père à son débarquement, afin de l'informer de ce que vous souhaitez, et de l'engager d'employer tout le crédit qu'il peut avoir sur cet infortuné pour l'engager à quitter notre pays.

Le prévôt Torfe la regarda d'un air de surprise. — Il n'y a pas beaucoup de jeunes filles, dit-il, qui voudroient faire huit milles pour se rapprocher d'une bande de pirates.

— Nous ne courons aucun risque, dit Claude Halcro : le château de Stennis est bien fortifié, et mon cousin, à qui il appartient, ne manque ni d'hommes ni d'armes pour le défendre. Ces jeunes demoiselles y seront aussi en sûreté que dans la ville de Kirkwall, et il peut résulter beaucoup de bien d'une prompte entrevue entre Magnus Troil et ses filles. Relativement à vous, mon bon et ancien ami, je suis charmé de voir, comme le dit le glorieux John,

En cette occasion, après quelque débat
Que l'homme ait à la fin vaincu le magistrat, »

Le prévôt sourit, fit un signe de tête, e
indiqua, autant qu'il crut pouvoir le faire dé
cemment, combien il s'estimeroit heureux s
*la Favorite de la Fortune*, emmenant so
équipage désordonné, quittoit les îles Orca
des sans qu'on en vînt à des actes de vio
lence de part ni d'autres. Il ne pouvoit
ajouta-t-il, donner aucune autorisatio
pour qu'on fournit des provisions à ce navi
re ; mais il étoit sûr que, de manière ou
d'au're, il pourroit s'en procurer à Strom
ness.

Le pacifique magistrat prit alors congé
d'Halcro et des deux sœurs, qui se propo
soient de se rendre le lendemain matin a
château de Stennis, situé sur les bords du
lac d'eau salée qui porte le même nom, e
qui est à environ quatre milles, par eau, de
la rade de Stromness, où *la Favorite* étoit
à l'ancre.

# CHAPITRE VIII.

« Fuis à l'instant, fuis, dis-je, et tu peux t'échapper. »
SHAKESPEARE. »

UN des moyens dont Norna se servoit pour soutenir ses prétentions à des pouvoirs surnaturels, se tiroit de la connoissance qu'elle avoit acquise, soit par l'effet du hasard, soit à l'aide de la tradition, de passages ignorés et d'issues secrètes qui lui donnaient la facilité de faire des choses qui, sans cela, auroient été incompréhensibles. C'étoit ainsi qu'elle avoit disparu de l'espèce de tente sous laquelle elle jouoit le rôle de sibylle à Burgh-Westra, en profitant d'un passage ouvert en cet endroit dans la muraille, et dans lequel on entroit par le moyen d'un panneau de boiserie qui glissoit sur celui dont il étoit voisin. Ce secret n'étoit connu que

d'elle et de Magnus, et elle étoit bien sûre
qu'il ne la trahiroit pas. Sa fortune étoit
considérable, et le principal usage que'elle
en faisoit étoit pour se procurer les premiers
avis de tout ce qu'elle désiroit savoir, et tous
les secours qui pouvoient lui être nécessaires
pour l'exécution de ses plans. Cleveland,
en cette occasion, eut tout lieu d'admirer sa
sagacité et ses ressources.

En pressant fortement un ressort caché,
elle ouvrit une porte secrète pratiquée dans
la boiserie qui divise l'aile orientale du reste
de la cathédrale. Cette porte conduisoit dans
un long passage obscur qui faisoit un grand
nombre de détours, dans lequel elle entra,
en faisant signe à Cleveland de la suivre, et
en lui disant à voix basse d'avoir grand soin
de fermer cette porte. Il la suivit à tâtons et
en silence, tantôt montant, tantôt descendant
des marches dont elle lui annonçoit toujours
le nombre. On y respiroit plus facilement
qu'il ne l'auroit cru, car ce passage étoit
ventilé par diverses ouvertures cachées avec
soin, et ingénieusement pratiquées pour y
laisser entrer l'air extérieur. Enfin ils en
sortirent par le moyen d'un panneau glissant

sur un autre, qui, s'ouvrant derrière un de
ces lits de bois qu'on appelle en Ecosse « lit
en caissé », leur donna entrée dans un appartement qui avoit l'air fort misérable,
dont le toit étoit en voûte, et éclairé par une
fenêtre grillée. Les meubles en étoient en
fort mauvais état. Les seuls ornemens qu'on
y vit étoient, d'un côté du mur, une couronne de rubans fanés, semblable à celles
dont on a coutume de décorer les bâtimens
occupés à la pêche de la baleine; et de
l'autre un écusson portant des armoiries et
une couronne de comte, avec les emblèmes
ordinaires de la mortalité. La pioche et la
pelle qu'on voyoit dans un coin de la chambre,
et la vue d'un vieillard couvert d'un habit
noir, à qui le temps avoit donné une cou-
leur de rouille, ayant sur la tête un grand
chapeau rabattu, et lisant devant une table,
annonçoient qu'ils étoient dans la demeure
du sacristain ou fossoyeur, et en présence
de ce respectable fonctionnaire.

Quand il entendit le bruit que fit le panneau en glissant, il se leva, et, montrant
beaucoup de respect, mais sans donner aucun
signe de surprise, il ôta le grand chapeau

qui couvroit le peu de cheveux gris qui lui restoient, et resta debout et découvert devant Norna, d'un air d'humilité profonde.

— Soyez fidèle, dit Norna au vieillard, et gardez-vous bien de montrer à aucun mortel le chemin secret qui conduit au sanctuaire.

Le bedeau inclina la tête en signe de soumission et de reconnoissance, car, tout en parlant ainsi, elle lui avoit mis de l'argent dans la main. Il lui dit ensuite, d'une voix tremblante, qu'il espéroit qu'elle n'oublieroit pas son fils qui faisoit en ce moment un voyage au Groënland, et qu'elle feroit en sorte que sa pêche fût heureuse et qu'il revînt sans accident, comme l'année précédente, quand il avoit rapporté cette guirlande, ajouta-t-il en montrant la couronne de rubans qui ornoit son domicile.

— Je ferai bouillir mon chaudron, et je prononcerai des charmes en sa faveur, répondit Norna; mais Pacolet m'attend-il avec les chevaux?

Le vieux bedeau répondit affirmative-

ment, et la pythonisse, ordonnant à Cleveland de la suivre, sortit par une porte de
derrière conduisant dans un petit jardin
dont l'aspect de désolation répondoit à celui
de l'appartement qu'ils quittoient. Des brè-
ches que le temps avoit faites aux murs de
clôture leur permirent de passer aisément
dans un autre jardin beaucoup plus grand,
mais aussi mal tenu, et une porte qui n'étoit
fermée que par un loquet les conduisit dans
une rue longue et étroite qu'ils traversèrent
à grands pas, Norna ayant dit tout bas à
son compagnon que c'étoit le seul endroit
où ils courussent quelque danger. Cette rue
n'étoit habitée que par des gens du peuple
qui étoient déjà rentrés dans leurs pauvres
demeures. Ils n'aperçurent qu'une femme
qui étoit sur le seuil de sa porte, et qui ren-
tra dans sa maison avec précipitation dès
qu'elle aperçut Norna s'avancer à grands
pas. Cette rue les conduisit dans la campagne,
où le nain muet de Norna les attendoit avec
trois chevaux cachés derrière le mur d'un
bâtiment abandonné. Norna sauta sur-le-
champ sur l'un, Cleveland monta le second,
et Pacolet les suivit sur le troisième. Leurs

montures étoient bonnes, et d'une taille un
peu plus grande que la race ordinaire des
chevaux des îles Schetland:aussi marchèrent-
ils grand train, en dépit de l'obscurité.

Norna servoit de guide, et après une
bonne heure de course, ils s'arrêtèrent devant une chaumière, si misérable en apparence, qu'on l'auroit prise pour une étable
à bestiaux plutôt que pour une habitation
destinée à l'espèce humaine.

— Il faut que vous restiez ici jusqu'à la
pointe du jour, jusqu'à ce que votre signal
puisse être aperçu de votre vaisseau, dit
Norna à Cleveland ; et chargeant Pacolet
d'avoir soin des chevaux, elle fit entrer le capitaine dans ce taudis, qu'elle éclaira en allu-
mant une petite lampe de fer, qu'elle portoit
ordinairement sur elle. — C'est une pauvre
retraite, lui dit-elle, mais elle est sûre :
si sûre que si nous étions poursuivis jusqu'ici,
la terre s'ouvriroit pour nous recevoir dans
son sein. Car sachez que ce lieu est consacré
aux dieux du Walhalla. — Et maintenant,
dites-moi, homme de crime et de sang, êtes-
vous ami ou ennemi de Norna, la seule prê-
tresse qui reste à ces divinités détrônées?

— Comment seroit-il possible que je fusse votre ennemi ? La reconnoissance....

— La reconnoissance n'est qu'un mot, et des mots sont la monnoie que les fous reçoivent de ceux qui les dupent. Ce sont des faits, des sacrifices que Norna exige.

— Parlez ; que demandez-vous de moi ?

— Votre promesse de ne jamais revoir Minna Troil, et de vous éloigner de nos côtes sous vingt-quatre heures.

— Il est impossible que je me procure en si peu de temps les provisions dont mon navire a indispensablement besoin.

— Vous n'en manquerez pas, — je veillerai à ce que vous n'en manquiez pas. D'ailleurs il n'y a pas bien loin d'ici à Caithness et aux Hébrides, et vous pouvez partir si vous le voulez.

— Et pourquoi partirois-je, si ce n'est pas ma volonté ?

— Parce que votre séjour ici met d'autres personnes en danger, et causera votre propre perte. Ecoutez-moi avec attention. Dès le premier instant que je vous vis étendu

sans connoissance sur le sable au bas des rochers de Sumburgh, je découvris sur votre
physionomie des traits qui lioient votre destin au mien, à celui de personnes qui me
sont chères ; mais il ne me fut pas permis de
voir s'il en résulteroit du bien ou du mal.
J'aidai à sauver votre vie, à conserver ce
qui vous appartenoit. Je secondai en cela ce
jeune homme même que vous avez traversé
dans ses plus chères affections, en répandant
contre lui des calomnies qui.....

— Moi j'aurois calomnié Mordaunt Mertoun ! De par le ciel, à peine ai-je prononcé
son nom à Burg-Westra, si c'est-là ce que
vous voulez dire. C'est ce coquin de colporteur, ce Bryce Snailsfoot qui, voulant
sans doute me rendre un bon office, parce
qu'il voyoit qu'il y avoit quelque chose à
gagner avec moi, rapporta, à ce qu'on m'a
dit depuis, des propos vrais ou faux au vieillard, qui en trouva la confirmation dans le
bruit général. Quant à moi, je le regardois
à peine comme mon rival, sans quoi j'aurois
pris des moyens plus honorables pour m'en
débarrasser.

— La pointe de votre poignard à double tranchant, dirigée contre le cœur d'un homme sans armes, étoit-elle destinée à être un de ces moyens plus honorables ?

La voix de sa conscience se fit entendre à Cleveland, et il garda le silence quelques instans. — J'en conviens, dit-il enfin, j'ai eu tort; mais, grâce au ciel, il est guéri; et s'il désire satisfaction, je suis prêt à la lui donner.

— Cleveland, s'écria la pythonisse, non ! L'esprit malin dont vous êtes l'instrument est puissant, mais il ne réussira pas contre moi. Vous possédez ce caractère que les intelligences malfaisantes désirent trouver dans ceux qu'elles choisissent pour leurs agens; vous êtes audacieux, fier, inaccessible à la crainte, dépourvu de tout principe, guidé par le seul sentiment d'orgueil indomtable que les hommes qui vous ressemblent appellent de l'honneur. Voilà ce que vous êtes, et voilà ce qui a influé sur toute votre vie. Vous avez toujours été volontaire et impétueux, sanguinaire, ne connoissant aucun frein. — Vous en recevrez pourtant de moi, ajouta-t-elle en étendant son bâton, et prenant une attitude d'autorité, quand

même le démon qui préside à votre destinée
se montreroit à mes yeux avec toutes ses
horreurs.

— Bonne mère, dit Cleveland, en souriant dédaigneusement, gardez un pareil langage pour l'ignorant marin qui vous
demande un vent favorable, ou pour le
pauvre pêcheur qui vous prie de porter
bonheur à ses lignes et à ses filets. Je suis
aussi inaccessible à la superstition qu'à la
crainte. Appelez votre démon, si vous en
avez quelqu'un à vos ordres, et faites-le pa-
roitre devant moi. L'homme qui a passé des
années dans la compagnie de diables incar-
nés ne redoutera guère le présence d'un
esprit.

Il prononça ces mots avec un air d'insouciance et un ton d'amertume dont l'énergie se
trouva trop puissante pour que les illusions
que causoit à Norna une sorte d'égarement
d'esprit pussent y résister; et ce fut d'une
voix tremblante qu'elle lui demanda : —Pour
qui donc me prenez-vous, si vous me refusez
la puissance que j'ai achetée si cher ?

—Vous avez des connoissances, bonne

...ère, répondit Cleveland; vous avez de l'adresse, et l'adresse conduit à la puissance. Je vous regarde comme une femme qui sait parfaitement naviguer sur le courant des événemens, mais je nie que vous ayez le pouvoir d'en changer le cours. Ne faites donc pas une dépense inutile de paroles en cherchant à m'inspirer une terreur que je ne puis ressentir, et dites-moi plutôt pourquoi vous désirez que je parte?

— Parce que je veux que vous ne voyiez plus Minna, — parceque Minna est destinée à devenir l'épouse de celui que les hommes appellent Mordaunt Mertoun, — parce qui si vous ne partez pas sous vingt-quatre heures, votre perte est certaine. — C'est vous parler en termes bien clairs; maintenant répondez-moi de même.

— Je vous dirai donc, aussi clairement, que je ne quitterai pas ces parages avant d'avoir revu Minna, et que votre Mordaunt ne l'épousera jamais tant que j'existerai.

— Ecoutez-le, grand Dieu! s'écria Norna: Ecoutez un mortel rejeter les moyens qui lui sont offerts pour sauver sa vie; un pécheur

refuser le temps que le destin consent à lui
accorder pour faire pénitence et travailler au
salut de son âme immortelle ! Voyez-le plein
d'audace et de confiance en sa jeunesse, sa
force et son courage ! — Mes yeux, si peu ac-
coutumés à pleurer, qui ont si peu de motifs
pour pleurer sur lui, se mouillent de larmes
quand je songe à ce que sera demain ce
mortel si beau et si noble !

— Bonne mère, répondit Cleveland d'un
ton ferme, mais que trahissoit quelque émotion, je comprends en partie vos menaces.
Vous savez mieux que nous où se trouve
*l'Alcyon*; peut-être avez-vous les moyens de
le diriger dans sa croisière de manière à ce
qu'il nous rencontre, car je conviens que vous
faites preuve quelquefois de combinaisons
merveilleuses. Mais la crainte de ce danger
ne changera rien à ma résolution. Si la frégate me poursuit ici, j'ai la ressource de me
jeter dans des eaux trop peu profondes pour
qu'elle puisse m'y suivre, car je ne crois pas
qu'ils osent nous attaquer avec des barques
comme si nous étions un chebec espagnol.
Je suis donc déterminé à arborer encore une
fois le pavillon sous lequel j'ai toujours croisé;

profiter des mille hasards qui nous ont tirés d'affaire dans des périls plus imminens ; au pis aller, à combattre jusqu'à l'extrémité ; et quand toute résistance sera impossible, il ne s'agit que de tirer un coup de pistolet dans la sainte-barbe, et nous mourrons comme nous avons vécu.

Ici Cleveland se tut un instant. Norna gardoit le silence, et il reprit la parole d'un ton plus doux.

— Vous avez entendu ma réponse, bonne mère, terminons donc cette discussion ; mais séparons-nous en bonne intelligence. Je voudrois vous laisser un souvenir qui vous empêchât d'oublier un pauvre diable à qui vous avez rendu service, et qui vous quitte sans vous en vouloir ; quoique vous soyez contraire à ses plus chers intérêts. — Ne refusez pas d'accepter cette bagatelle, ajouta-t-il en lui mettant dans la main, presque de force, la petite boîte d'argent qui avoit autrefois occasionné une querelle entre lui et Mordaunt ; — je ne vous l'offre point à cause du métal dont elle est formée, je sais que vous n'en faites aucun cas, mais seulement comme un objet qui vous rappellera que vous

avez vu celui dont on racontera par la suit...
des histoires bien étranges sur toutes le...
mers qu'il a traversées.

— J'accepte votre présent, dit Norna...
comme une preuve que si j'ai contribué à ac...
célérer votre destin, je n'ai été que l'agen...
involontaire d'autres pouvoirs. Vous avi...
bien raison de dire que nous ne pouvon...
changer le cours des événemens. Ils nous en...
traînent, ils rendent tous nos efforts inutile...
de même que le tourbillon de Tuftiloe en...
gloutit le vaisseau le plus solide, en l'entraî...
naut dans ses ondes tournoyantes, sans qu'...
puisse trouver de secours dans ses voiles n...
dans son gouvernail. — Pacolet ! — holà...
Pacolet ! répéta-t-elle d'une voix plus haute...

Une grosse pierre qui reposoit contre un...
des murs de la chaumière tomba tandi...
qu'elle parloit ainsi, et Cleveland fut très...
surpris s'il n'éprouva pas un mouvement d...
crainte, en voyant ce nain difforme sortir e...
rampant comme un reptile d'un passage sou...
terrain dont cette pierre cachoit l'entrée.

Norna, comme si ce que Cleveland lu...
avoit dit relativement à ses prétentions à u...

ouvoir surnaturel eût fait impression sur elle,
ut si loin de songer à profiter de cette occa-
ion pour les faire valoir de nouveau , qu'elle
e hâta de lui expliquer le phénomène dont
Il venoit d'être témoin.

— On trouve souvent dans ces îles , lui
dit-elle , de semblables passages souterrains
dont l'entrée est cachée avec grand soin. C'é-
toient des lieux de retraite pour leurs anciens habitans, et ils y trouvoient un refuge
contre la rage des Normands , les pirates de
ces temps éloignés. C'est afin que vous puissiez profiter de celui-ci, en cas de nécessité ,
que je vous ai amené ici. Si quelque chose
vous faisoit craindre d'être poursuivi , vous
pourriez rester caché dans les entrailles de la
terre jusqu'au départ de vos ennemis , ou
vous évader par l'issue voisine du lac , et
par où Pacolet y est entré. — A présent je
vous fais mes adieux ; mais songez à ce que je
vous ai dit, car , aussi sûr que vous êtes maintenant vivant et respirant, votre sort est
irrévocablement fixé, si avant vingt-quatre
heures vous n'avez mis à la voile.

— Adieu , bonne mère , répondit Cleve-

land. Et elle sortit en jetant sur lui un regard
dans lequel il distingua à la lueur de la lampe
autant de douleur que de mécontentement.

Cette entrevue produisit une impression
profonde même sur l'esprit de Cleveland,
quelque accoutumé qu'il fût à braver tous
les dangers, et à y échapper comme par
miracle. En vain il essaya de s'en rendre
maître, les paroles de Norna avoient fait sur
lui d'autant plus d'effet, que vers la fin de
l'entretien elles avoient été dépouillées de
ce ton mystique qu'il méprisoit. Il regretta
mille fois d'avoir tardé de jour en jour à
exécuter la résolution qu'il avoit si souvent
prise de renoncer à un métier aussi dangereux que criminel, et il forma de nouveau
celle de le quitter pour jamais dès qu'il auroit
revu encore une fois Minna Troil, ne fût-ce
que pour lui faire d'éternels adieux, et tiré
ses camarades de leur situation dangereuse ;
de tâcher alors d'obtenir son pardon, et de
chercher à se distinguer dans la profession
des armes d'une manière plus honorable.

Cette résolution, dans laquelle il s'affermit
de plus en plus, contribua enfin à tranquilli-

ser son esprit. Il s'enveloppa de son manteau, et goûta quelque temps ce repos im-
parfait que la nature épuisée exige comme
un tribut, même de ceux qui sont exposés au
dangers le plus prochain et le plus inévita-
ble. Mais à quelque point que l'homme coupable puisse étourdir sa conscience et émous-
ser le sentiment du remords par un repentir conditionnel, c'est une question si, aux
yeux du ciel, ce n'est pas plutôt une aggra-
vation présomptueuse de ses fautes, qu'une
expiation de ses péchés.

Quand Cleveland s'éveilla, l'aurore commençoit déjà à mêler ses teintes au crépuscule d'une nuit des Orcades. Il se trouvoit
sur le bord d'une belle nappe d'eau qui, près
de l'endroit où il étoit, se divisoit en deux
parties presque égales, attendu deux langues
de terre qui s'avançoient l'une vers l'autre,
des deux rives opposées, et qui étoient réu-
nies par ce qu'on appeloit le pont de Broisgar, longue chaussée dans laquelle se trouvent de larges ouvertures pour livrer passage au flux et au reflux. Derrière lui, en
face du pont, étoit ce remarquable demi-
cercle d'énormes pierres auquel on ne peut

9*

comparer que l'inimitable monument de Stonehenge. Ces immenses blocs de pierre, qui tous avoient plus de douze pieds de hauteur, et dont quelques-uns en avoient quatorze ou quinze, entouroient le pirate, dans la lueur du crépuscule, comme autant de fantômes, de géans antédiluviens, qui, couverts de vêtemens funéraires, venoient revoir, à cette pâle lumière, une terre qu'ils avoient tourmentée par leurs vexations et souillée par leurs crimes, au point d'attirer sur eux la vengeance du ciel, qu'ils n'avoient que trop long-temps outragé.

Ce singulier monument d'antiquité inspira moins d'intérêt à Cleveland que la vue de Stromness, qu'à peine pouvoit-il encore distinguer dans le lointain. Il ne perdit pas de temps pour allumer du feu à l'aide d'un de ses pistolets, et des tiges de fougères humides lui fournirent le moyen de produire une fumée considérable.

On attendoit ce signal avec impatience à bord du sloop, car l'incapacité de Goffe devenoit de jour en jour plus évidente, et ses plus zélés partisans convenoit que le meilleur parti à prendre étoit de se mettre sous le commandement de Cleveland jusqu'à ce qu'ils fussent arrivés dans les Indes occidentales.

Bunce, qui vint avec la chaloupe chercher son capitaine et son ami, cria, jura, sauta et dansa de joie, quand il le vit en liberté. — On a déja commencé, lui dit-il, a approvisionner *la Favorite*, et nous serions plus avancés sans ce vieux goujat de Goffe, qui ne songe qu'à s'enivrer.

Le même enthousiasme inspiroit l'équipage de la chaloupe. On fit force de rames ; et, quoique la marée fût contraire, et qu'il ne fit pas un souffle de vent, Cleveland se trouva bientôt à bord du bâtiment qu'il avoit le malheur de commander.

Le premier usage que le capitaine fit de son autorité fut pour faire savoir à Magnus Troil qu'il lui rendoit la liberté de partir ; qu'il étoit disposé à l'indemniser, autant que cela lui seroit possible, du retard qu'on avoit apporté à son voyage à Kirkwall, et que le capitaine Cleveland désiroit, si M. Magnus Troil vouloit bien le lui permettre, aller lui rendre ses devoirs à bord de son brick, le remercier des services qu'il en

avoit reçus, et lui faire des excuses de sa
détention.

Ce fut Bunce, qu'il regardoit comme le
plus civilisé de ses compagnons, que Cleveland chargea de ce message; et l'Udaller,
toujours aussi franc que peu cérémonieux,
lui répondit ainsi qu'il suit :

— Dites à votre capitaine que je serois
charmé de pouvoir croire qu'aucun de ceux
qu'il a arrêtés sur la mer n'a été plus mal-
traité que moi. Dites-lui aussi que, si nous
devons continuer à être amis, ce sera de
loin, car je n'aime pas plus le bruit de ses
boulets de canon en mer, qu'il n'aimeroit
le sifflement de mes balles de fusil sur terre.
Dites-lui enfin que je suis fâché de m'être
trompé dans l'idée que j'avois conçue de
lui, et qu'il auroit mieux fait de réserver
pour les Espagnols le traitement qu'il a fait
subir à ses concitoyens.

— Et voilà votre message pour mon capitaine, don Bouffi, s'écria Bunce ? Que la
foudre m'écrase si je n'ai envie de vous donner une leçon de politesse et de savoir-
vivre ! Mais je n'en ferai rien, par égard
pour vos deux jolies filles, et un peu aussi

par considération pour mon ancien ami
Claude Halcro, dont la vue a suffi pour me
rappeler les changemens de décorations et
les moucheurs de chandelles. Ainsi donc,
bonsoir, bonnet de veau marin, c'est le
dernier mot que vous entendrez de moi.

La barque des pirates n'eut pas plus tôt
quitté le brick, pour retourner au sloop,
que Magnus, pour ne pas accorder plus de
confiance qu'il n'étoit nécessaire à ces aventuriers, fit mettre toutes ses voiles au vent.
Une brise favorable commençoit à souffler,
et il se dirigea vers Scalpa-Flow, dans le dessein d'y débarquer pour se rendre par terre
à Kirkwall, où il comptoit trouver ses filles
et son ami Claude Halcro.

## CHAPITRE IX.

« Emma, réfléchis bien, pour la dernière fois,
Sur ce que tu dois fuir, sur ce que tu veux suivre.
Le ciel, dont le courroux à toi-même te livre,
Entre ces deux partis te laisse encor le choix. »

*Henri et Emma.*

LE soleil étoit déjà bien élevé sur l'horizon. Un grand nombre de barques de pêcheurs apportoient du rivage de l'eau et des approvisionnemens de toute espèce, et l'équipage s'empressoit de les recevoir et de les ranger à bord. Chacun travailloit avec la meilleur volonté; car tous, à l'exception de Cleveland, désiroient s'éloigner d'une côte où le danger augmentoit à chaque instant, et où, ce qui paroissoit encore plus fâcheux, il n'y avoit pas de butin à espérer. Bunce et Derrick étoient chargés de diriger cette besogne, tandis que Cleveland, se promenant sur le tillac, se bornoit à donner de temps en temps quelques ordres

que les circonstances exigeoient, et il retom-
boit ensuite dans ses tristes réflexions.

Il y a deux classes d'hommes que, dans des
temps de crimes, de terreur et de commo-
tions, on trouve toujours au premier rang.
La première se compose d'esprits si naturellement disposés aux forfaits, qu'ils sortent de
leurs repaires comme autant de démons em-
pressés à travailler dans leur élément. De ce
nombre étoit l'homme à longue barbe qu'on
vit paroître à Versailles à l'époque mémora-
ble du 3 octobre 1789, et qui se fit une fête
d'être l'exécuteur des victimes que lui livroit une populace sanguinaire. Mais Cleveland appartenoit à la seconde classe, c'est-
à-dire il faisoit partie de ces êtres infortunés
qui sont entraînés au mal par la force des
circonstances plutôt que par une inclination
naturelle. C'étoit son père qui lui avoit ouvert cette carrière criminelle ; et quand il y
entra par le désir de venger la mort de
l'auteur de ses jours, ce sentiment pouvoit
lui servir d'excuse jusqu'à un certain point.
Plus d'une fois ce genre de vie coupable lui
avoit inspiré de l'horreur ; plus d'une fois il
avoit formé la résolution d'y renoncer, mais

tous ses efforts pour l'exécuter avoient été
inutiles.

Son esprit étoit en ce moment plus que
jamais bourrelé de remords, et l'on peut lui
pardonner si le souvenir de Minna venoit
ajouter encore à leur vivacité. De temps en
temps il jetoit un regard sur ses compagnons ;
et quoiqu'il connût leur scélératesse et leur
endurcissement, il ne pouvoit supporter l'idée
qu'ils eussent à recevoir la punition de leurs
crimes. — Nous serons prêts à faire voile avec
la marée, se dit-il à lui-même ; pourquoi
exposerois-je leur sûreté en retardant leur
départ jusqu'à ce que le moment du danger
prédit par cette singulière femme soit arrivé?
Quels que soient les moyens qu'elle emploie
pour se procurer des nouvelles, il est constant que toutes celles qu'elle annonce se véri-
fient d'une manière fort étrange ; et elle m'a
donné cet avis d'un ton aussi solennel que le
seroit celui d'une mère qui reprocheroit à un
fils coupable les crimes qu'il auroit commis, et
qui lui en annonceroit le châtiment prochain.
D'ailleurs, quelle probabilité y a-t-il que je
puisse revoir Minna? Elle est sans doute à
Kirkwall, et m'y rendre, ce seroit vouloir di-

riger mon navire contre des rochers. —
Non, je ne mettrai pas ces pauvres diables
en danger. Je partirai avec la marée. Je me
ferai conduire à terre dans une des Hébrides, ou sur la côte nord-ouest d'Irlande,
et je reviendrai ici sous quelque déguise-
ment. — Et pourtant, pourquoi y revenir?
Est-ce pour y voir Minna épouse de Mordaunt? Non. Que le vaisseau parte avec
la marée, mais qu'il parte sans moi. Je su-
birai mon destin.

Ses méditations furent interrompues ici
par Jack Bunce, qui, lui donnant le titre de
noble capitaine, lui annonça qu'on étoit
prêt à mettre à la voile quand il lui plairoit.

— Ce sera quand il vous plaira, Bunce,
lui dit Cleveland, car je vais vous laisser le
commandement, et me rendre à Stromness.

— De par le ciel, vous n'en ferez rien,
s'écria Bunce. Me laisser le commandement,
fort bien; mais comment, diable! me ferai-je
obéir de l'équipage? Dick Fletcher lui-même
veut quelquefois raisonner avec moi. Vous
devez savoir que sans vous, nous nous cou-
perions la gorge dans une demi-heure. Et si
nous en venons là, que nous périssions par

4. 10

nos propres mains, ou que nous soyons pris par un vaisseau du roi, il n'y a qu'un bout de corde de différence. — Allons, allons, noble capitaine, il ne manque pas de jeunes filles aux yeux noirs dans le monde, mais où trouverez-vous un bâtiment comme notre petite *Favorite*, montée, comme elle l'est, par une troupe d'hommes entreprenans.

Capables de troubler la paix de l'univers,
Et de dicter des lois jusqu'au fond des enfers?

— Vous êtes fou, Jack, dit Cleveland à demi en colère, et pourtant souriant, en dépit de lui-même, du ton faux et des gestes emphatiques du comédien pirate.

— Cela est possible, noble capitaine, et il se peut aussi que j'aie plus d'un camarade en folie. Vous, par exemple, qui êtes sur le point de jouer *Tout pour l'amour ou l'U-nivers perdu* (1), vous ne pouvez supporter une innocente tirade poétique ! — Eh bien,

---

(1) Titre de comédie anglaise.

*( Note du traducteur. )*

je suis en état de vous parler en prose, car j'ai des nouvelles à vous apprendre, — d'étranges nouvelles, — des nouvelles qui vous surprendront.

— Eh bien, Jack, pour employer ton jargon, je te dirai : Hâte-toi de me les apprendre, et parle-moi en habitant de ce monde.

— Les pêcheurs de Stromness ne veulent rien recevoir ni pour leurs peines, ni pour le prix des provisions qu'ils apportent. — N'est-ce pas là du nouveau, du merveilleux?

— Et pour quelle raison? C'est la première fois que je vois refuser de l'argent dans un port de mer.

— C'est la vérité, car on n'y songe ordinairement qu'à nous faire payer toutes choses au double de leur valeur. Mais voici la clef de l'énigme. — Le propriétaire d'un certain brick, le père de votre belle Iminda, s'est établi quartier-maître payeur, par manière de reconnoissance pour la civilité avec laquelle nous avons traité ses filles, et afin de nous mettre en état de partir, pour que nous ne trouvions pas sur ces côtes ce qui nous est dû, comme il le dit.

— Je reconnois bien là le bon cœur du vieux Udaller, s'écria Cleveland. Mais il est donc à Stromness? Je le croyois parti pour Kirkwall.

— C'étoit son dessein, mais le roi Duncan n'est pas le seul qui ne soit pas arrivé où il comptoit aller. A peine étoit-il débarqué qu'il rencontra une vieille sorcière des environs, qui se mêle de tout, qui met le nez dans les affaires de chacun, et d'après son avis il a renoncé à aller à Kirkwall. Il a jeté l'ancre, quant à présent, dans cette maison blanche située sur le bord du lac, et que vous pouvez voir avec votre lunette d'approche. On assure que cette vieille s'est cotisée avec lui pour payer nos provisions. Je ne puis concevoir pourquoi elle a tant de charité pour nous; à moins qu'elle ne nous regarde comme autant de diables, et qu'en sa qualité de sorcière elle ne croye nous devoir des égards.

— Et qui vous a conté toutes ces nouvelles? lui demanda Cleveland, sans paroître prendre grand intérêt à ce que lui disoit son camarade, et sans même se donner la peine de lever sa lunette d'approche.

— J'ai fait une excursion à terre ce matin, j'ai rencontré une vieille connoissance, un ami que Magnus Troil avoit chargé de veiller à l'envoi des provisions, et tout en vidant un flacon, je lui ai tiré les vers du nez, et j'ai appris tout ce que je viens de vous dire, et plus que je n'ai envie de vous dire.

— Et qui est cet ami ? N'a-t-il pas de nom ?

— C'est une espèce de cerveau fêlé, un vieux poëte, un musicien nommé Halcro, puisqu'il faut vous le dire.

— Halcro ! s'écria Cleveland, les yeux étincelans de surprise ; Claude Halcro ! Mais on l'a débarqué à Inganess avec Minna et sa sœur. Où sont-elles donc ?

— C'est justement ce que je ne me souciois pas de vous dire, mais du diable si je puis m'en empêcher ! je ne puis faire manquer une si belle situation ; et vous avez tressailli d'une manière qui auroit produit le plus grand effet. — Ah ! voilà la lunette braquée sur le château de Stennis à présent ! — Eh bien, elles y sont, il faut en convenir, et elles n'y sont pas trop bien gardées. Quel-

ques affidés de la vieille sorcière y sont ve-
nus de cette montagne qu'ils appellent l'île
d'Hoy, et le vieux seigneur châtelain a
quelques hommes sous les armes. Mais
qu'importe, noble capitaine? Dites-moi seulement un mot, et cette nuit nous saisissons
les deux donzelles; nous les mettons sous
le pont, et au point du jour nous déployons
les voiles, nous levons l'ancre, et nous par-
tons avec la marée du matin.

— Vous me dégoûtez à force d'infamie,
dit Cleveland en lui tournant le dos.

— Infamie! — Et je vous dégoûte! — Que
vous ai-je donc proposé qui n'ait été exécuté cent fois par de hardis aventuriers
comme nous ?

— Ne m'en parlez plus ! répondit Cleveland. Il fit un tour sur le tillac, et revenant
près de Bunce, il lui prit la main. Il faut
que je la voye encore une fois, dit-il.

— De tout mon cœur, dit Bunce avec
humeur.

— Oui, je veux la voir encore une fois,
et ce sera pour abjurer à ses pieds ce maudit métier, et expier mes crimes....

— Sur un gibet, dit Bunce en achevant la phrase. — De tout mon cœur ! — De la confession à la potence, c'est un proverbe très-respectable.

— Mais, mon cher Jack, dit Cleveland....

— Mon cher Jack, répéta Bunce avec le même ton d'humeur; vous êtes bien cher aussi au cher Jack. Mais faites ce qu'il vous plaira, je ne m'inquiète plus de vos affaires; je ne veux pas vous dégoûter à force d'infamie.

— Il faut agir avec ce coquin comme avec un enfant gâté, dit Cleveland en parlant à Bunce, sans avoir l'air de s'adresser directement à lui; et cependant il a assez de bon sens, de raison et d'amitié, pour savoir que pendant un ouragan, on ne songe pas à bien mesurer ses expressions.

— C'est la vérité, Cleveland, dit Bunce, et d'après cela, voilà ma main. — Et maintenant que j'y pense, vous aurez votre dernière entrevue, car ce n'est jamais moi qui dérangerai une scène d'adieux. — Qu'importe que nous perdions une marée ! Nous pouvons partir par celle de demain matin, tout aussi bien que par celle-ci.

Cleveland soupira, car la prédiction de Norna se représenta à son esprit. Mais la possibilité d'avoir un dernier entretien avec Minna étoit une tentation trop forte pour qu'aucune prédiction, aucun pressentiment pussent l'empêcher d'y céder.

— Je vais me rendre à terre dans un instant, dit Bunce; le paiement des provisions me servira de prétexte. Vous pouvez me charger d'un message ou d'une lettre pour Minna; je m'acquitterai de l'un, et je lui ferai tenir l'autre avec la dextérité d'un valet de comédie.

— Mais ils ont des hommes armés, dit Cleveland; vous pouvez courir quelque risque.

— Pas le moindre. — J'ai protégé les filles quand elles étoient entre nos mains, et je garantis que le père, loin de chercher à me nuire, me protégera de tout son pouvoir.

— Vous lui rendez justice, dit Cleveland; il seroit contre sa nature d'agir autrement. Mais je vais écrire à l'instant à Minna.

Il descendit dans la cabane, et il y gâta beaucoup de papier avant que son cœur palpitant et sa main tremblante lui eussent permis de tracer une lettre qu'il pût croire capable de déterminer Minna à lui accorder un rendez-vous le lendemain matin, pour lui faire ses adieux.

Son ami Bunce, pendant ce temps, alla chercher Fletcher, sur qui il comptoit toujours, pour appuyer toutes les propositions qu'il avoit à faire, et, suivi de ce fidèle satellite, il se présenta devant Hawkins, le maître d'équipage, et Derrick, le quartier-maître, qui se régaloient d'un verre de punch pour se délasser du service fatigant qu'ils venoient de faire.

— Le voici qui vient pour nous le dire, s'écria Derrick. Eh bien, monsieur le lieutenant, car c'est le titre qu'il faut vous donner aujourd'hui, à ce que je pense, faites-nous donc connoître un peu vos résolutions — Quand est-ce que nous levons l'ancre ?

— Quand il plaira à Dieu, monsieur le quartier-maître ; quant à moi, je n'en sais pas plus à ce sujet que le couronnement de la poupe.

— Comment diable ! s'écria Derrick, est-ce que nous ne mettons pas à la voile par la marée d'aujourd'hui ?

— Ou au plus tard par celle de demain matin ? dit Hawkins. Qui pourroit en empê-cher, après que nous avons fait travailler tout l'équipage comme des nègres, pour ranger les provisions ?

— Messieurs, dit Bunce, il est bon que vous sachiez que Cupidon a pris notre capi-taine sur son bord, qu'il a cloué son esprit sous les écoutilles, et qu'il s'est placé au gouvernail.

— Que signifie cette rapsodie? s'écria Hawkins, d'un ton d'humeur. — Qu'avons-nous besoin de ce jargon de comédie? Si vous avez quelque chose à nous dire, ne pouvez-vous parler comme un homme ?

— Quoi qu'il en soit, dit Fletcher, je

crois que Jack Bunce parle toujours comme un homme, et agit de même, ainsi donc....

— Taisez-vous, mon cher et brave Dick, dit Bunce, taisez-vous.—Messieurs, je vous dirai donc en quatre mots que le capitaine est amoureux.

— Oni dà ! dit Hawkins ; qui l'auroit cru ? ce n'est pas que je n'aie été amoureux aussi souvent qu'un autre, quand le navire étoit à l'ancre et qu'il n'y avoit rien à faire.

— Fort bien, dit Bunce ; mais enfin le capitaine Cleveland est amoureux. Oui, le prince Volcius est amoureux ; et quoique cela prête à rire au théâtre, ce n'est pas ici le cas d'en rire. Il a dessein de voir sa maîtresse demain matin pour lui faire ses adieux ; mais nous savons tous qu'une entrevue conduit à une autre ; cela peut durer jusqu'à ce que *l'Alcyon* arrive, et alors nous aurons plus de coups que de sous.

— Eh bien, de par Dieu, s'écria Hawkins il faut nous mutiner, et l'empêcher d'aller à terre. — Qu'en dis-tu, Derrick ?

— Il n'y a rien de mieux à faire, répondit le quartier-maître.

— Qu'en pensez-vous, Jack Bunce? demanda Fletcher, à qui cet avis paroissoit fort sage, mais qui ne vouloit pas énoncer son opinion avant de connoître celle de son oracle.

— Quant à moi, messieurs, dit Bunce, je ne veux pas de mutinerie; et, Dieu me damne, je ne souffrirai pas que personne se mutine à bord.

— En ce cas, je ne me mutinerai pas, dit Fletcher; mais cependant qu'allons-nous faire; puisque, quoi qu'il en soit.....

— Mordez-vous la langue, Dick; voulez-vous me faire ce plaisir? dit Jack Bunce. — Maintenant Hawkins, je vous dirai que je suis à peu près de votre avis, et que je pense qu'il faut employer une petite violence salutaire pour ramener notre capitaine à la raison. Mais vous savez tous qu'il a la fierté d'un lion, et qu'il ne fera rien, si on ne le laisse agir à sa tête. Eh bien, je vais me rendre à terre, et convenir du rendez-vous. La jeune fille s'y rendra demain matin, et le capitaine ne manquera pas de s'y trouver. Je le conduis à terre dans la chaloupe avec des gens en état de ramer contre vents et marée. A un signal donné, nous tombons sur le capitaine et sa maîtresse, et, bon gré mal gré, nous les amenons à bord. L'enfant gâté ne nous en voudra pas, puisque nous lui laisserons son joujou. Au surplus s'il avoit de l'humeur, eh bien! nous leverions l'ancre sans ses ordres, et nous lui donnerions le temps de reprendre sa raison, et de rendre justice à ses amis.

— Ce projet ne me déplaît pas, dit Hawkins : qu'en penses-tu, Derrick ?

— Jack Bunce a toujours raison, dit Fletcher; mais quoi qu'il en soit, le capitaine brûlera la cervelle à quelques-uns de nous.

— Je te dis de te mordre la langue, Dick, dit Bunce. Qui diable s'inquiète si l'on te brûle la cervelle, ou si tu es pendu ?

— Il est vrai que la différence n'est pas grande, répondit Fletcher; mais quoi qu'il en soit....

— Je vous dis de vous taire et de m'écouter, reprit l'inexorable Bunce. Nous tombérons sur lui à l'improviste, sans lui donner le temps de prendre son sabre ni ses pisto-lets; et pour l'amitié que je lui porte, je vous promets que je serai le premier à l'étendre sur le dos. — Je vous dirai aussi qu'il y a une jolie petite pinasse qui marche de con-cert avec la frégate à laquelle le capitaine donne la chasse, et si j'en trouve l'occasion, je me propose de la confisquer à mon profit.

—Oui, oui, dit Derrick, on peut s'en rapporter à vous pour cela, vous ne vous oubliez jamais.

— Sur mon honneur, dit Bunce, je ne pense à moi que par occasion; et quand je forme un plan, je ne le dois qu'à mon propre génie. Qui de vous auroit pensé à celui que je viens de vous tracer? Nous conserverons notre capitaine, bras, tête et cœur, et nous aurons une scène digne de figurer au dénoû-ment d'une comédie. — Ainsi donc, je vais me rendre à terre pour convenir du rendez-vous; et vous, tâchez de me trouver quel-ques-uns de nos gens qui ne soient pas ivres, et à qui nous puissions, sans danger, faire confidencce de notre dessein.

Bunce se retira avec son ami Fletcher, et
les deux pirates vétérans restèrent tête à
tête et se regardèrent quelque temps en silence. Hawkins prit la parole le premier.

— Je veux que le tonnerre m'écrase, Derrick, si ces deux jeunes mirliflors ne me dé-
plaisent pas souverainement. Ils ne sont pas
du bon bois. Ils ne ressemblent pas plus aux
pirates que j'ai connus, que ce sloop ne ressemble à un vaisseau de ligne de premier
bord. Te souviens-tu du vieux Sharpe qui lisoit les prières à son équipage tous les di-
manches? qu'auroit-il dit s'il avoit entendu
proposer d'amener deux filles à bord?

— Et qu'auroit dit le vieux Barbe-Noire,
s'ils avoient voulu les réserver pour eux
seuls? Ils mériteroient qu'on les chassât
pour leur impudence, ou qu'on les liât dos
à dos pour les faire boire à la grande tasse;
et le plus tôt seroit le mieux.

— Fort bien, Derrick; mais qui com-
mandera le sloop?

— Est-ce que tu as oublié le vieux
Goffe?

— Oh ! le vieux Goffe ! il a si long-temps
et si souvent tété sa nourrice, — la bouteille s'entend, — qu'il n'est plus bon
rien. A jeun, il ne vaut pas mieux qu'une
vieille femme; et quand il est ivre, c'est un
chien enragé. — Non, non, il ne faut plu
penser au vieux Goffe.

— Eh bien, que dis-tu de toi ou de moi
demanda le quartier-maître; je consens
tirer au sort.

— Non, non, répondit Hawkins après un
moment de réflexion. Si nous étions à porté
des vents alisés, toi et moi nous pourrion
suffire à commander la manœuvre; mai
pour les gagner, nous avons besoin de tout
la science de Cleveland. Ainsi donc je cro
que, pour le présent, nous n'avons rien d
mieux à faire que d'exécuter le projet d
Bunce. — Ecoute ! le voilà qui beugle pou
avoir la chaloupe. Il faut que je monte su
le pont, la faire mettre en mer pour son hon
neur; — que la peste l'étrangle !

La chaloupe fut mise en mer, entra dan
le lac sans accident, et débarqua Bunce
quelques centaines de pas du vieux château

Stennis. En arrivant en face, il vit qu'on avoit pris à la hâte quelques mesures pour le mettre en état de défense. Les fenêtres des étages inférieurs avoient été barricadées, en y laissant des ouvertures pour le service de la mousqueterie. Un canon de marine étoit placé devant la porte en défendant l'entrée qui étoit en outre gardée par deux sentinelles Bunce demanda à entrer, ce qui lui fut refusé d'un ton aussi bref que péremptoire, et on lui conseilla en même temps d'aller à ses affaires, de crainte qu'il ne lui arrivât malheur. Comme il continuoit à insister pour voir quelqu'un de la maison, en assurant que l'affaire pour laquelle il venoit étoit aussi sérieuse qu'urgente, Claude Halcro parut enfin, et avec une aigreur qui ne lui étoit pas ordinaire, cet admirateur du glorieux John lui reprocha sa folie et son opiniâtreté.

— Vous ressemblez, lui dit-il, à ces sots papillons qui voltigent autour d'une chandelle, et qui finissent par s'y brûler.

— Et vous autres, répondit Bunce, vous êtes un tas de bourdons sans aiguillon, que la fumée de cinq ou six grenades ferait fuir de votre ruche, si nous le voulions.

— Enfumez la tête d'un fou, dit Halcro. Suivez mon avis, et songez à vos affaires, ou vous trouverez bientôt des gens qui vous enfumeront à votre tour. Partez, ou dites-moi en deux mots ce que voulez; car vous ne devez vous attendre à être accueillis ici qu'à coups d'arquebuse. Nous avions déjà assez de bras ici, et nous venons d'y voir arriver encore de l'île d'Hoy le jeune Mordaunt Mertoun, que votre capitaine a presque assassiné.

— Allons donc ! il n'a fait que lui tirer un peu de mauvais sang.

— Nous n'avons pas besoin ici de pareils phlébotomistes. D'ailleurs il arrive que votre patient va nous appartenir de plus près que ni vous ni nous ne le pensions; ainsi vous pouvez croire que ni votre capitaine, ni les gens de son équipage ne seront vus ici d'un bon œil.

— Mais si j'apporte de l'argent pour payer les provisions ?

— Gardez-le jusqu'à ce qu'on vous le demande. Il y a deux espèces de mauvais

payeurs : ceux qui paient trop tôt, et ceux
qui ne paient pas du tout.

— Au moins permettez-moi d'offrir nos
remercîmens à celui à qui ils sont dus ?

— Gardez-les aussi jusqu'à ce qu'on vous
les demande.

— Et voilà tout l'accueil que je recevrai
d'une ancienne connoissance ?

— Mais que voulez-vous que je fasse,
M. Altamont? dit Halcro un peu ému; si
le jeune Mordaunt avoit été le maître, il vous
auroit reçu encore bien autrement, ma foi !
Pour l'amour de Dieu, retirez-vous, sans
quoi il faudra écrire dans la tragédie : Des
gardes arrivent et saisissent Altamont.

— Je ne leur donnerai pas cette peine,
répondit Bunce, je vais faire ma sortie. —
Un instant, — j'allois oublier que j'ai un
chiffon de papier pour la plus grande de vos
deux jeunes filles, — Minna, je crois, — oui,
Minna est son nom. — Ce sont les adieux
du capitaine Cleveland. — Vous ne pouvez
refuser de vous en charger.

— Ah ! pauvre diable ! — Je comprends,
je comprends. — Adieu, belle Armide. —

Au milieu des boulets, des tempêtes, des feux,
Le danger est moins grand que près de vos beaux yeux.

Mais dites-moi, ce billet contient-il des vers ?

— Il en est plein. — Chanson, — sonnet, — élégie. — Mais il faut le lui remettre avec précaution et en secret.

— Vraiment ! — M'apprendre comment il faut remettre un billet doux ! — moi qui ai été membre du club des beaux-esprits ! — moi qui ai vu porter tous les toasts du club de Kit-Kat ! — Je le remettrai à Minna par égard pour notre ancienne connoissance, M. Altamont, et un peu aussi par égard pour votre capitaine, qui ne paroît pas tout-à-fait aussi diable que son métier l'exige. — Il ne peut y avoir aucun mal dans une lettre d'adieux.

— Adieu donc, mon vieux camarade, adieu pour toujours, et pour un jour de plus, dit Bunce ; et prenant la main du poëte, il la lui serra de si bon cœur, qu'il le laissa se secouant le bras, et hurlant comme un chien sur la patte duquel est tombé un charbon enflammé.

Laissant le pirate retourner à son bâtiment, nous allons rester avec la famille de Magnus Troil, qui se trouvoit réunie au château de Stennis, où l'on montoit constamment la garde avec le plus grand soin, pour se tenir à l'abri de toute surprise.

Magnus Troil avoit reçu Mordaunt Mertoun avec beaucoup de bonté, quand il étoit venu à son secours à la tête d'une petite troupe d'hommes armés levés par Norna, et dont elle lui avoit donné le commandement. Il n'avoit pas été difficile de convaincre l'udaller que les rapports que lui avoit faits le colporteur n'avoient aucun fondement, et que Snailsfoot, en calomniant Mordaunt, n'avoit eu d'autre but que de le perdre dans l'esprit de Magnus pour élever d'autant Cleveland, dont il espéroit tirer meilleur parti. Ces rapports, il est vrai, avoient été confirmés par la bonne lady Glowrowrum et par la renommée, à qui il avoit plu de représenter Mordaunt Mertoun comme ayant d'arrogantes prétentions aux bonnes grâces des deux aimables sœurs de Burgh-Westra, en hésitant, en vrai sultan, à laquelle il jetteroit le mouchoir. Mais Magnus savoit que la renommée n'étoit

autre chose qu'une menteuse, et il étoit assez disposé, quand il s'agissoit de caquets, à
regarder la bonne lady Glowrowrum comme
participant aux mêmes inclinations. Il rendit donc à Mordaunt ses bonnes grâces,
écouta avec beaucoup de surprise le récit
que lui fit Norna des droits qu'il prétendoit
avoir sur ce jeune homme, et avec non
moins d'intérêt la confidence qu'elle lui fit
de l'intention où elle étoit de lui abandonner
les biens considérables que son père lui
avoit laisses en mourant. Il est même probable que, quoiqu'il ne répondît rien à quelques mots qu'elle jeta en avant relativement
à une union entre son jeune héritier et l'aînée des filles du magnat, il pensa qu'un tel
projet d'alliance méritoit quelque attention,
tant à cause du mérite personnel du jeune
homme, que parce que cette union feroit
rentrer dans sa famille la totalité des biens
considérables qui avoient été partagés entre
son père et celui de Norna. Quoi qu'il en soit,
l'udaller reçut parfaitement son jeune ami, et
comme Mordaunt étoit le plus jeune et le plus
actif de tous les hommes qui se trouvoient au

château , Magnus et le maître de la maison se réunirent pour le charger de commander la garde pendant la nuit suivante, et de relever les sentinelles aux heures accoutumées.

~~~~~~~~~~~~~~~~~~~~~~~~~~~~~~~~~~~~~~

## CHAPITRE X.

> « Aussitôt qu'ils seront saisis,
> Il faut que , sans miséricorde,
> On leur attache au cou la corde;
> Telle est la loi pour les bandits «
>
> *La fille aux cheveux bruns. Ballade.* »

MORDAUNT avoit fait relever bien avan
le point du jour les sentinelles qui étoie
de garde depuis minuit , et ayant donné or
dre qu'on les remplaçât par d'autres au leve
du soleil, il s'étoit retiré dans une petit
salle au rez-de-chaussée ; et, plaçant ses a
mes près de lui, il sommeilloit dans un fau
teuil, quand il sentit qu'on tiroit le mante
dans lequel il étoit enveloppé.

— Le soleil est-il déjà levé ? dit-il en s
veillant; et il vit les premiers rayons

l'aurore qui commençoient à éclairer l'horizon.

—Mordaunt! dit une voix dont les accens firent tressaillir son cœur.

Il jeta les yeux sur la personne qui venoit de prononcer son nom, et reconnut Brenda avec autant de plaisir que de surprise. Il alloit lui adresser la parole, mais il devint muet de consternation en voyant ses joues décolorées, ses lèvres tremblantes, ses yeux baignés de larmes, en un mot en apercevant en elle tous les signes du chagrin et de l'inquiétude.

—Mordaunt, lui dit-elle, il faut que vous rendiez un service à Minna ainsi qu'à moi. Il faut que vous nous fournissiez les moyens de sortir du château sans bruit, sans alarmer personne, pour que nous allions jusqu'aux pierres qu'on nomme le cercle de Stennis.

— Que peut signifier cette fantaisie, ma chère Brenda? demanda Mordaunt avec le plus grand étonnement. Il s'agit sans doute de quelque pratique superstitieuse des îles Orcades; mais le moment est trop dangereux, et les ordres que j'ai reçus de votre père sont trop stricts pour que je vous permette de sortir sans son consentement. Faites attention,

ma chère Brenda, que je suis un soldat en
faction, et que l'obéissance est mon premier
devoir.

— Mordaunt, ceci n'est pas une plaisanterie. La raison de Minna, sa vie même, dépendent de ce que je vous demande.

— Mais apprenez-moi du moins pourquoi
elle désire sortir du château ?

— Pour un projet bien étrange, bien in-
sensé peut-être. — Pour avoir un entretien
avec Cleveland.

— Avec Cleveland ! s'écria Mordaunt ;
que le scélérat ose venir à terre, et il y sera
accueilli par une grêle de balles. Que je l'a-
perçoive à cent pas, ajouta-t-il en saisissant
son fusil, et voilà ce qui m'acquittera de la
reconnoissance que je lui dois.

— Sa mort mettroit Minna au désespoir, et
jamais Brenda n'accordera un regard à quiconque aura causé le désespoir de Minna.

— Mais c'est une folie, Brenda, une folie
sans égale ! songez à votre honneur, à votre
devoir.

— Je ne songe qu'au danger de Minna,
répondit Brenda en fondant en larmes ; sa

dernière maladie n'étoit rien en comparaison
de l'état dans lequel elle se trouve en ce moment. Elle tient en main sa lettre, dont le
feu plutôt que l'encre semble avoir tracé les
caractères, et dans laquelle il la conjure de
lui accorder une entrevue pour recevoir ses
derniers adieux, si elle veut sauver un corps
périssable et une âme immortelle; il lui pro-
teste qu'elle n'a rien à craindre, mais qu'aucun pouvoir ne sera en état de le forcer à s'é-
loigner de nos côtes avant qu'il l'ait vue. —
Il faut que vous nous laissiez sortir.

—Cela est impossible, répliqua Mordaunt,
avec l'air de la plus grande perplexité ; ce
brigand prodiguera tant de sermens qu'on
en voudra, mais quelle autre garantie peut-
il nous offrir ? — Je ne puis permettre que
Minna sorte.

— Je sais, dit Brenda d'un ton de reproche, et en essuyant ses larmes tout en san-
glottant, que Norna a parlé de quelque chose
relativement à vous et à Minna ; et c'est sans
doute la jalousie qui vous empêche de permettre que cet infortuné puisse même lui
parler un seul instant avant de partir.

—Vous êtes injuste, Brenda ,répondit Mordaunt blessé , et cependant flatté en même temps de ce soupçon; vous êtes aussi injuste qu'imprudente. Vous savez, — il est possible que vous ne sachiez pas , — que c'est comme votre sœur que Minna m'est particulièrement chère. Dites-moi, Brenda, mais dites-moi avec vérité, si je vous aide à faire cette folie, croyez-vous pouvoir parfaitement compter sur la bonne foi du pirate ?

— Je le crois. — Si je ne le croyois pas, pensez-vous que je vous ferois de telles instances ? — Il est coupable, il est malheureux, mais je crois que nous pouvons compter sur sa parole.

— Et le rendez-vous doit avoir lieu dans le cercle de Stennis, au lever du soleil ?

— Oui, et l'instant en est arrivé. Pour l'amour du ciel, laissez-nous partir.

—Je vais prendre moi-même, pour quelques instans, la place de la sentinelle qui est de garde à la porte, et je vous laisserai passer. —Mais vous ne prolongerez pas cette entrevue si pleine de danger.

—.Non. — Mais de votre côté vous ne

profiterez pas de l'imprudence que commet ce malheureux en se hasardant ici, pour lui nuire ou pour l'arrêter ?

— Comptez sur mon honneur, Brenda, il ne courra aucun risque, si vous n'en courez aucun.

— Je vais donc chercher ma sœur, dit Brenda; et elle le quitta à l'instant.

Mordaunt, après un instant de réflexion, alla trouver la sentinelle qui gardoit la porte du château, et lui dit d'aller éveiller tous ses camarades, de leur faire prendre les armes à la hâte, et de venir l'avertir dès qu'ils seroient prêts. Pendant ce temps, ajouta-t-il, il resteroit lui-même à son poste.

Pendant l'absence de la sentinelle, la porte s'ouvrit avec précaution, et Mordaunt vit paroître Minna et Brenda, enveloppées de leurs mantes. La première étoit appuyée sur le bras de sa sœur, et avoit la tête baissée, comme si elle eût eu honte de la démarche qu'elle faisoit. Brenda passa près de son amant en silence, mais elle jeta sur lui un regard d'affection et de reconnoissance, qui doubla, s'il est possible, le désir qu'il avoit de les mettre à l'abri de tout danger.

Lorsque les deux sœurs eurent perdu de
vue le château, Minna, dont la démarche
avoit été jusqu'alors foible et chancelante,
releva la tête et se mit en marche d'un pas
si assuré et si précipité, que Brenda, qui
pouvoit à peine la suivre, ne put s'empêcher de lui représenter qu'elle avoit tort
d'épuiser ainsi ses forces par une hâte qui
n'étoit pas nécessaire.

— Ne craignez rien, ma chère sœur, répondit Minna, la force intérieure dont je
me sens animée, me soutiendra, j'espère,
pendant cette redoutable entrevue. Je ne
pouvois marcher que la tête baissée, et la
lenteur de ma marche annonçoit l'accable-
ment de mon esprit, tant que j'étois exposée
aux regards d'un homme qui doit nécessai-
rement me juger digne de sa pitié ou de son
mépris. Mais vous savez, ma chère Brenda,
et Cleveland saura aussi, que la tendresse
que j'avois pour cet infortuné étoit aussi
pure que les rayons du soleil que vous voyez
se réfléchir sur la surface de ce lac. Et j'ose
attester cet astre glorieux, ce firmament
dans lequel il brille, que, sans le désir que
j'ai de le déterminer à changer de vie, tou-

tes les tentations que le monde peut offrir
n'auroient pu me faire consentir à le revoir.

Tandis qu'elle parloit ainsi d'un ton à donner la plus grande confiance à Brenda, les
deux sœurs arrivèrent sur le sommet d'une
petite hauteur d'où l'on dominoit sur le Stonehenge des Orcades, c'est-à-dire sur ce cercle de pierres énormes auxquelles les rayons
du soleil levant donnoient déjà une teinte
d'un blanc grisâtre, et qui jetoient bien loin
à l'ouest leur ombre gigantesque. En tout
autre temps, ce spectacle auroit produit un
effet puissant sur l'imagination exaltée de
Minna, et excité du moins la curiosité de sa
sœur, dont l'esprit étoit moins susceptible de
ces émotions profondes. Mais en ce moment, ni l'une ni l'autre n'étoient disposées à
recevoir les impressions que ce remarquable
monument d'antiquité est si bien fait pour
produire sur ceux qui le considèrent, car
elles voyoient dans la partie du lac qui est
au-delà de ce qu'on appelle le pont de Broisgar, une barque pleine de gens armés qui
s'approchoit du rivage. Un homme seul,
enveloppé d'un grand manteau, descendit

à terre et se mit en marche vers ce cercle
monumental dont les deux sœurs s'approchoient du côté opposé.

— Ils sont en grand nombre et ils sont
armés, dit Brenda à sa sœur d'une voix
presque étouffée par la crainte.

— C'est par précaution, répondit Minna.
Hélas! leur situation ne la leur rend que
trop nécessaire.—Ne craignez pas de trahison de sa part ; ce vice, du moins, n'appartient pas à son caractère.

Tout en parlant ainsi, ou quelques instans
après, elles arrivèrent au centre du cercle,
où, au milieu des énormes pierres brutes
rangées tout autour, est une pierre plate,
jadis soutenue par de petits piliers, dont on
voit encore quelques débris, et qui servoit
peut-être d'autel.

— C'est ici, dit Minna, que, dans les anciens temps, s'il faut en croire les légendes
qui ne m'ont coûté que trop cher, nos ancêtres offroient des sacrifices aux divinités du
paganisme ; et c'est ici que j'abjurerai les vaines idées que les séductions de la jeunesse et
d'une imagination trop vive m'avoient fait

concevoir; que j'y renoncerai, que je les offrirai en sacrifice à un Dieu plus puissant et plus miséricordieux qui leur étoit inconnu.

Debout près de cette pierre plate, elle vit Cleveland s'avancer vers elle. On ne retrouvoit pas en lui son port et son aspect ordinaires. Son pas timide et ses yeux baissés le rendoient aussi différent de lui-même que la tête levée, l'air calme, et l'attitude pleine de dignité de Minna différoient de la démarche chancelante, et de l'aspect abattu et humilié qu'on remarquoit en elle quand, en sortant du château de Stennis, elle avoit eu besoin du secours du bras de sa sœur pour se soutenir. Si ceux qui attribuent aux druides ce singulier monument ne se trompent pas, Minna auroit pu passer pour la Haxa ou grande-prêtresse de cet ordre, des mains de qui quelque champion attendoit son initiation. Et si l'on donne à ce cercle une origine gothique ou scandinave, on auroit pu la prendre pour Freya, épouse du dieu Tonnant, devant laquelle quelque audacieux roi de la mer se prosternoit avec une crainte respectueuse qu'aucun être mortel n'auroit pu lui inspirer. Brenda, accablée de craintes et d'inquiétudes,

observoit avec soin tous les mouvemens de
Cleveland, et nul objet extérieur ne pouvoit
distraire son attention, uniquement fixée
sur lui et sur sa sœur.

Cleveland s'arrêta à environ trois pas de
Minna, et la salua en inclinant profondément la tête. Il y eut un silence de quelques
instans. — Homme infortuné, dit enfin Minna, pourquoi as-tu désiré cet accroissement à
nos peines? Quitte ce pays en paix, et puisse
le ciel te conduire dans une meilleure voie
que celle où tu as marché jusqu'à présent!

—Le ciel ne m'aidera que par votre voix,
répondit Cleveland. J'étois plongé dans les
ténèbres quand je suis arrivé dans cette contrée. A peine savois-je que mon métier, mon
misérable métier, étoit plus criminel aux
yeux de Dieu et des hommes, que celui des
corsaires que vos lois autorisent. J'y avois
été élevé; et, sans les désirs que vous m'a-
vez encouragé à former, j'y serois peut-être
mort dans l'impénitence. — Ne me rejetez
pas loin de vous, laissez-moi faire quelque
chose qui puisse faire oublier ma conduite
passée, et ne laissez pas votre ouvrage im-
parfait.

—Je ne vous reprocherai pas, Cleveland, d'avoir abusé de mon inexpérience, de m'avoir entourée de ces illusions auxquelles m'exposoit la crédulité de ma jeunesse, et qui me portèrent à confondre votre fatale carrière avec la vie glorieuse de nos anciens héros. Hélas ! dès que j'eus vu vos compagnons, ces illusions s'évanouirent. Mais je ne vous fais pas un crime de leur existence. Partez, Cleveland ; séparez-vous des misérables avec qui vous êtes associé, et, croyez-moi, si le ciel vous accorde la grâce de vous distinguer par une action vertueuse ou glorieuse, il existe dans ces îles solitaires des yeux qui pleureront de joie, — comme ils pleurent de chagrin en ce moment.

— Est-ce là tout ? demanda Cleveland. Ne puis-je pas espérer que, si je me détache de mes compagnons actuels, si je mérite mon pardon en montrant autant d'ardeur pour la bonne cause, que j'en ai montré jusqu'ici pour la mauvaise ; si, après un terme, — peu m'en importe la longueur, — mais du moins après un terme, si je puis me glorifier d'avoir rétabli mon honneur, ne puis-je pas espérer que Minna pourra pardonner

ce que Dieu et mon pays m'auront par
donné ?

— Non, Cleveland, répondit Minna ave
la plus grande fermeté ; c'est ici que nou
nous séparons, que nous nous séparons pou
toujours, et sans conserver aucune espéran
Pensez à moi comme si j'étois morte, si vo
continuez à être ce que vous êtes ; mais
vous changez de conduite, pensez à mo
comme à un être dont les prières s'élèveron
matin et soir vers le ciel pour lui demande
votre bonheur, quoique le sien soit perd
à jamais. — Adieu, Cleveland.

Il s'agenouilla devant elle, accablé par le
plus pénibles sensations, et avança le bra
pour prendre la main qu'elle lui offróit.

En ce moment son ami Bunce s'élanç
de derrière une des grosses pierres qui for
ment le cercle de Stennis. — Jamais je n'ai vu
sur aucun théâtre une scène d'adieux si pa
thétique, s'écria-t-il, les yeux humides d
larmes ; mais Dieu me damne si je vou
laisse faire votre sortie comme vous le pen
sez.

Tout en parlant ainsi, avant que Clevelan
pût faire résistance, ou lui adresser des re

résentations, et sans lui laisser le temps de
e relever, il se précipita sur lui , le renversa
ar le dos, et quelques hommes de l'équi-
age, survenant en ce moment, le saisirent
ar les bras et par les jambes, et le portèrent
du côté du lac. Minna et Brenda poussèrent
de grands cris et tentèrent de fuir ; mais
Derrick enleva la première avec autant de
facilité qu'un faucon saisit une colombe ,
tandis que Bunce s'empara de Brenda en lui
adressant quelques juremens par forme de
consolation, et toute la troupe courut préci-
pitamment vers la barque qui avoit été laissée sous la garde de deux de leurs compagnons. Mais leur course fut interrompue
d'une manière aussi inattendue que fatale
pour leurs projets criminels.

Lorsque Mordaunt avoit fait mettre sous
les armes la garde du château, on juge bien
que c'étoit dans le dessein de pourvoir à la
sûreté des deux sœurs. Etant sorti à la tête
de sa troupe, il avoit surveillé avec attention
tous les mouvemens des pirates; et quand il
les vit presque tous quitter la barque et prendre le chemin du lieu fixé pour le rendez-
vous demandé par Cleveland , il soupçonna

naturellement quelque trahison ; et, profitan
d'un chemin creux , ou , pour mieux dire
d'une ancienne tranchée qui avoit peut-êtr
autrefois quelque rapport avec le cercle d
Stennis , il se plaça avec ses gens entre l
barque et les pirates , sans que ceux-ci pu
sent les apercevoir. Au premier cri de
deux sœurs , ils se montrèrent et marchè
rent contre les brigands en les couchant e
joué, mais sans oser faire feu , de craint
de blesser leurs captives , qui étoient entre
les bras de leurs ravisseurs.

Mordaunt courut avec la légèreté d'un
cerf vers Bunce , qui, ne voulant pas lâcher
sa proie et ne pouvant se défendre autrement, opposoit Brenda comme un bouclier
à tous les coups dont son adversaire le me-
naçoit. Ce genre de défense ne pouvoit
réussir long-temps contre un jeune homme
qui avoit le pied le plus léger et le bras le
plus actif qu'on eût jamais vus dans les îles
Schetland ; et après une ou deux feintes ,
Mordaunt renversa le pirate d'un coup de
crosse de son fusil , dont il n'osoit faire un
autre usage. Quelques coups de feu furent
tirés par ceux qui n'avoient pas le même

motif de crainte, et les pirates qui portoient
Cleveland le lâchèrent assez naturellement
pour pourvoir à leur sûreté, soit en se défendant, soit par la fuite. Mais ils ne firent
qu'ajouter au nombre de leurs ennemis. Cleveland, voyant Minna entraînée par Derrick, l'arracha d'une main des bras de ce
scélérat, à qui il tira de l'autre un coup de
pistolet qui lui fit sauter le crâne. Quelques-
uns des pirates furent tués ou faits prisonniers ; les autres s'enfuirent sur leurs barques, et, en prenant le large, tirèrent encore sur leurs ennemis quelques coups de
fusil qui ne leur firent que peu de mal.

Cependant Mordaunt, voyant que les deux
sœurs étoient en liberté, et en pleine fuite
vers le château, s'avança vers Cleveland, le
sabre à la main. Le pirate lui montra un pistolet en lui disant : —Mordaunt, je n'ai jamais manqué mon coup : il le déchargea en
l'air, et le jeta ensuite dans le lac. Tirant
alors son sabre et le faisant tourner une ou
deux fois autour de sa tête, il le fit suivre
son pistolet. Telle étoit pourtant l'opinion
qu'on avoit généralement de la force et des
ressources de Cleveland, que Mordaunt

cru devoir encore prendre quelques précautions en approchant de lui, et il lui demanda s'il se rendoit.

— Je ne me rends à personne, répondi
le capitaine pirate, mais vous voyez que j'a
jeté mes armes.

Plusieurs gardes se saisirent de lui san
qu'il fit aucune résistance, et Mordaunt dé
fendit qu'on le maltraitât, et même qu'on l
garottât. Les vainqueurs le conduisirent a
château de Stennis, et l'y enfermèrent dan
une chambre située au plus haut étage, à l
porte de laquelle ils placèrent une sentinelle
Bunce et Fletcher, qu'on avoit ramassés su
le champ de bataille après l'escarmouche, fu
rent logés dans la même chambre; et deu
autres pirates aussi prisonniers, qui parois
soient d'un rang subalterne, furent enfer
més dans un caveau voûté.

Sans vouloir faire la description des trans
ports de joie auxquels se livra Magnus Troil
quand, s'étant éveillé au bruit de la mous
queterie, il vit ses filles en sûreté, et appri
que son ennemi étoit prisonnier, nous diron
seulement qu'ils furent tels, qu'il en oubli

pendant quelque temps , de demander par
quel concours de circonstances elles s'étoient
trouvées en danger; qu'il serra mille fois
Mordaunt entre ses bras, l'appela son sau-
veur, et jura par les ossemens de son saint
patron, que, quand il auroit mille filles,
un si brave jeune homme, un ami si fidèle,
auroit le droit de choisir entre elles, quoi
qu'en pût dire lady Glowrowrum.

Une scène toute différente se passoit dans
la chambre qui servoit de prison au capitaine
et à ses deux compagnons. Le malheureux
Cleveland étoit assis près de la fenêtre, les
yeux fixés sur la mer, qui sembloit concen-
trer son attention, au point de lui faire oublier qu'il n'étoit pas le seul captif qui fût
dans cet appartement. Jack Bunce cherchoit
à se rappeler quelques vers qui pussent servir d'introduction aux avances qu'il vouloit
faire pour se réconcilier avec son capitaine,
car il commençoit à sentir que le rôle qu'il
avoit joué quoique inspiré par son dévouement à son ami, ne s'étoit pas heureusement
terminé, et n'obtiendroit probablement pas
ses applaudissemens. Son admirateur, son
fidèle partisan Fletcher, avoit été jeté sur

un lit de camp, et il paroissoit dormir, car il n'essaya pas une seule fois de placer un mot dans la conversation qui ne tarda pas à s'engager.

—Allons, Cleveland, parlez-moi, je vous en prie, dit le lieutenant contrit, quand ce ne seroit que pour jurer contre ma stupidité.

« L'univers est perdu, si Clifford, en un coin,
N'a pas pour ses amis un juron au besoin. »

— Je vous prie de vous taire, et de me laisser, dit Cleveland ; il me reste encore un ami de cœur, et vous me donnez la tentation de m'en servir contre vous ou contre moi-même.

— J'y suis, s'écria Bunce, j'y suis :

Par l'enfer qui m'attend, je ne te quitte pas,
Malgré ce ton d'aigreur, et cette humeur farouche,
Avant que mon pardon soit sorti de ta bouche.

—Je vous prie encore une fois de vous taire, s'écria Cleveland ; n'est-ce pas assez de m'avoir perdu par votre trahison, faut-il encore que vous m'ennuyiez de vos bouffonneries ? — Parmi tous les hommes en tous les diables qui composoient l'équipage de ce bâtiment, ce n'auroit jamais été vous, Jack, vous que j'aurois soupçonné de vouloir lever un seul doigt contre moi !

— Moi, lever un doigt contre vous ! répondit Bunce ; tout ce que j'ai fait ce n'a été que par amitié pour vous, pour vous rendre le plus heureux mortel qui ait jamais marché sur un tillac, ayant votre maîtresse à vos côtés, et cinquante braves gens à vos ordres. Voici Dick Fletcher qui peut rendre témoignage que j'ai tout fait pour le mieux, s'il vouloit parler au lieu de rester là étendu comme une pièce de bois qu'on va équarrir. — Levez-vous donc, Dick, et rendez-moi justice.

— Sans doute, Jack Bunce, sans doute, répondit Fletcher d'une voix foible, en se soulevant avec peine, je le ferai, si j'en suis capable. Je sais que vous avez toujours parlé et agi pour le mieux ; mais, quoi qu'il en soit, voyez-vous, cela a mal tourné pour moi cette fois-ci, car je perds tout mon sang, et je crois que je coule à fond.

— Vous n'êtes pas assez âne pour cela, s'écria Bunce en courant à lui ainsi que Cleveland, pour voir si l'on pouvoit le soulager. Mais tout secours humain étoit alors inutile ; Fletcher se laissa retomber sur le lit, et expira au même instant sans pousser un gémissement.

— Je l'ai toujours regardé comme un imbécile fieffé, dit Bunce en essuyant une larme qui tomboit de ses yeux, mais je ne le croyois pas assez sot pour faire une pareille sortie du théâtre du monde. — J'ai perdu l'homme le plus dévoué..... Et il porta encore son mouchoir à ses yeux.

—Un bouledogue de vraie race anglaise ! dit Cleveland, les yeux fixés sur le défunt, dont la mort n'avoit pas décomposé les traits, et qui, avec un meilleur conseiller, auroit pu faire une meilleure fin.

— Vous en pourriez dire autant de quelques autres, capitaine, s'il vous plaisoit de leur rendre justice.

— Vous avez raison, Jack ; je puis le dire de vous-même.

— Eh bien, dites-moi donc : Jack, je vous pardonne ; la phrase n'est pas longue, elle sera bientôt prononcée.

— Je vous pardonne de tout mon cœur, Jack, dit Cleveland qui s'étoit rapproché de la croisée, et d'autant plus volontiers, que la matinée qui devoit nous perdre tous est enfin arrivée.

— Quoi ! pensez-vous à la prédiction de la vieille femme dont vous m'avez parlé ?

— Elle ne tardera pas à s'accomplir. — Venez ici. — Pourquoi prenez-vous ce grand vaisseau que vous voyez doubler le promontoire du côté de l'est, et qui se prépare à entrer dans la baie de Stromness ?

— Je ne saurois trop le dire. — Mais voici le vieux Goffe. — Il le prend sans doute pour un bâtiment de la compagnie des Indes chargé de rum et de sucre, car, Dieu me damne, voilà qu'il file le câble pour aller à sa rencontre.

— Au lieu de se jeter dans les eaux basses, ce qui étoit son seul moyen de salut ! s'écria Cleveland ; le bélitre ! l'idiot ! l'enragé d'ivrogne ! — Qu'il soit tranquille ! on va lui servir à boire assez chaud ; car c'est *l'Alcyon*. — Voyez, il arbore son pavillon et lâche une bordée. — Adieu la *Favorite de la Fortune !* J'espère seulement qu'ils défendront jusqu'à la dernière planche. Le maître d'équipage avoit coutume de montrer de la bravoure, et Goffe aussi, quoique ce soit un diable incarné. — Ah ! voilà la *Favorite* qui fait feu en s'éloignant à toutes voiles ! cela montre quelque bon sens.

— Ah ! dit Bunce, voilà qu'on arbore le Jolly-Roger, le vieux pavillon noir à tête de mort et à horloge de sable ! cela montre quelque résolution.

— Notre sable s'écoule grand train, Jack, dit Cleveland ; cela finira mal. — Feu, mes braves, feu ! La mer ou les airs, cela vaut mieux qu'un bout de corde.

L'inquiétude fit qu'ils gardèrent le silence pendant quelques instans. Le sloop, quoique serré de près, continuoit à tirer des bordées en fuyant, et la frégate lui donnoit toujours la chasse, presque sans lui rendre son feu. Enfin les deux vaisseaux furent si voisins l'un de l'autre, qu'il fut aisé de voir, par les manœuvres, que *l'Alcyon* avoit dessein d'aborder *la Favorite* et non de la couler à fond, probablement pour ne pas perdre le

butin qu'on pouvoit espérer à bord d'un
bâtiment pirate.

— Allons, Goffe, allons, Hawkins, s'écria
le capitaine, comme s'ils eussent pu entendre
ses ordres ; attention à la manœuvre ! une
bordée de longueur tandis que vous êtes
sous son avant ; ensuite virez de bord, et
partez comme une oie sauvage. — Ah! les
voiles fasient et le gouvernail est de côté.
— Que la mer engloutisse ces marins d'eau
douce ! ils ont manqué à virer, et voilà la
frégate qui les aborde !

Les différentes manœuvres que l'attaque
et la défense avoient rendues nécessaires
avoient tellement fait approcher les deux
navires, que Cleveland, à l'aide de sa lunette d'approche, put voir l'équipage de
*l'Alcyon* monter à l'abordage en nombre
irrésistible, le sabre nu à la main. En ce
moment critique, un épais nuage de fumée
s'éleva tout à coup à bord du pirate, et enveloppa les deux vaisseaux.

— Sortie générale ! *exeunt omnes !* s'é-
cria Bunce en joignant les mains.

— Ainsi finissent *la Favorite* et son équipage ! disoit Cleveland en même temps.

Mais la fumée s'étant dissipée, on vit que les deux bâtimens n'avoient souffert qu'un dommage partiel. A défaut d'une quantité suffisante de poudre, les pirates avoient échoué dans le projet que le désespoir leur avoit inspiré de faire sauter en même temps leur bâtiment et la frégate.

Peu de temps après la fin de l'action, le capitaine Weatherport, qui commandoit l'*Alcyon*, envoya au château de Stennis un officier avec un détachement de soldats de marine, pour demander qu'on lui remît les pirates qui y étoient détenus, et nommément Cleveland et Bunce, qui en étoient le capitaine et le lieutenant.

C'étoit une demande qu'on ne pouvoit se dispenser d'accorder, quoique Magnus Troil eût désiré que le toit sous lequel il se trouvoit eût pu servir d'asile au moins à Cleveland. Mais les ordres de l'officier étoient péremptoires, et il ajouta que l'intention du capitaine Weatherport étoit d'envoyer ses prisonniers par terre à Kirkwall sous bonne escorte, pour y subir un interrogatoire devant

les autorités civiles, avant leur départ pour
Londres, où ils seroient jugés par la haute-
cour de l'amirauté. Magnus se borna donc
à demander que Cleveland fût traité avec
égard, et qu'il ne fût ni pillé ni dépouillé, ce
que l'officier, frappé de l'air noble et avan-
tageux du capitaine pirate, et touché de la
situation dans laquelle il se trouvoit, lui ac-
corda sans difficulté. L'honnête Udaller auroit bien voulu aussi adresser quelques mots
de consolation à Cleveland, mais il ne put
trouver d'expressions qui lui convinssent, et
il se borna à secouer la tête.

— Mon ancien ami, lui dit Cleveland,
vous auriez droit de vous plaindre de moi,
et bien loin de triompher de mon malheur,
il vous inspire de la compassion! — Par reconnoissance pour vous et pour les vôtres, ma
main ne s'armera plus contre personne.—
Prenez ceci, c'étoit mon dernier espoir, ou
pour mieux dire, ma dernière tentation. A
ces mots, il tira de son sein un pistolet de poche, et le remit à Magnus. Rappelez-moi,
ajouta-t-il, au souvenir de.... mais non,
non, que tout le monde m'oublie! —Mon-

sieur, dit-il à l'officier, je suis votre prisonnier.

— Et moi aussi, dit Bunce; et, prenant
une attitude théâtrale, il débita d'une voix
assez assurée les vers suivans :

« Vous devez, capitaine, être un homme d'honneur;
Ecartez donc de moi la canaille en fureur;
Faites-moi faire place, et pour toute indulgence,
Que je puisse du moins mourir avec décence. »

~~~~~~~~~~~~~~~~~~~~~~~~~~~~~~~~~~~~~~~~~~~~~~~~~~~~

# CHAPITRE XI.

« A Londres, mes amis, à Londres ! de la joie !
SOUTHEY. »

LA nouvelle de la capture du bâtiment pirate arriva à Kirkwall vers onze heures du matin, et y remplit tout le monde de surprise et de joie. On fit ce jour là peu d'affaires à la foire, car chacun l'abandonna pour courir au-devant des prisonniers qui alloient entrer dans la ville. On triomphoit en voyant quelle différence ils offroient avec ce qu'ils étoient quand ils se permettoient, dans les rues de Kirkwall, la même licence que s'ils eussent été dans une ville prise d'assaut. On voyoit marcher en avant une troupe de soldats de marine dont les baïonnettes réfléchissoient les rayons du soleil. Venoient ensuite les malheureux captifs, enchaînés deux à deux. Leurs beaux habits, déchirés en par-

tie par leurs vainqueurs, n'étaloient plus
aux yeux que des haillons. Les uns étoient
blessés et couverts de sang; les autres avoient
été noircis et brûlés par l'explosion qui
avoit eu lieu lorsque les plus déterminés
d'entre eux avoient voulu faire sauter le navire. Quelques-uns sembloient occupés de
réflexions convenables à leur situation, mais
la plupart paroissoient livrés à une sombre
impénitence, et un petit nombre d'entre
eux bravoient même leur malheur, en ré-
pétant les chansons impies et ordurières dont
ils avoient fait retentir les rues de Kirkwall
quand ils les parcouroient dans leurs parties
de débauches.

Hawkins et Goffe, enchaînés ensemble,
s'épuisoient en menaces et en imprécations
l'un contre l'autre. Le premier accusoit Goffe
de ne rien entendre à son métier, et de
n'avoir fait que de fausses manœuvres; et
celui-ci reprochoit à Hawkins de l'avoir empêché de faire sauter *la Favorite* avant d'a-
voir épuisé toute la poudre en bordées inutiles, et d'envoyer ainsi les deux équipages
à tous les diables en même temps.

Cleveland et Bunce fermoient la marche,

et on leur épargnoit l'humiliation de porter des fers. L'air de mélancolie et pourtant de résolution du capitaine contrastoit fortement avec la démarche théâtrale et étudiée du pauvre Jack, qui s'efforçoit de cacher ainsi les émotions d'un genre un peu moins noble qu'il ne pouvoit s'empêcher d'éprouver. On regardoit Cleveland avec compassion, Bunce avec un mélange de mépris et de pitié, tandis que la plupart des autres inspiroient l'horreur et même encore la crainte par leurs regards et leurs discours.

Il existoit à Kirkwall un individu qui, bien loin d'avoir couru avec empressement pour jouir du spectacle qui attiroit tous les yeux, n'avoit pas même entendu parler de l'événement qui agitoit toute la ville. C'étoit le vieux Mertoun, qui étoit à Kirkwall depuis deux ou trois jours, qu'il avoit employés en grande partie à s'occuper d'une plainte judiciaire formée contre l'honnête Bryce Snailsfoot. Par suite d'une information qui avoit eu lieu, le digne colporteur avoit été condamné à remettre à Mertoun la caisse de Cleveland avec les papiers et autres effets qui y étoient contenus, pour rester en sa garde jusqu'à ce qu'il pût les remettre au légitime propriétaire. Mertoun désiroit d'abord rejeter sur la justice le soin du dépôt qu'elle étoit disposée à lui confier; mais après avoir jeté les yeux sur quelques-uns des papiers qui en faisoient partie, il changea d'avis brusquement, consentit à se charger de la caisse, retourna chez lui à la hâte, et s'enferma dans sa chambre pour réfléchir à loisir sur les détails singuliers qu'il venoit d'apprendre, et qui augmentèrent au centuple l'impatience qu'il éprouvoit d'avoir une entrevue avec la mystérieuse Norna de Fitful-Head.

On doit se rappeler que, dans l'entretien qu'elle avoit eu avec lui dans le cimetière de l'église ruinée de Saint-Ringan, elle lui avoit recommandé de se trouver dans l'aile gauche de la cathédrale de Saint-Magnus à Kirkwall, à l'heure de midi, le cinquième jour de la foire de Saint-Olla, en l'assurant qu'il y trouveroit quelqu'un qui lui donneroit des nouvelles de Mordaunt.

— Il faut que ce soit elle, se dit-il à lui-même, et il seroit indispensable que je la visse à l'instant même. Mais où la trouver!

je l'ignore. D'ailleurs, il vaut mieux perdre quelques heures à l'attendre que de risquer de l'offenser, en me montrant devant elle avant l'instant qu'elle a fixé.

Cependant, long-temps avant midi, long-temps avant que la ville de Kirkwall eût été jetée dans l'agitation par la nouvelle des événemens qui venoient d'avoir lieu de l'autre côté de l'île, Mertoun se promenoit dans l'aile solitaire de la cathédrale, attendant avec la plus vive impatience la réalisation des promesses de Norna. — La cloche sonna midi; mais la porte de l'église ne s'ouvrit pas, personne n'entra dans son enceinte mystérieuse. Cependant les voûtes retentissoient encore des derniers sons de la cloche, quand Norna, arrivant du fond de ce vaste édifice, parut à ses yeux. Mertoun, sans chercher à pénétrer le mystère qui n'en est pas un pour nos lecteurs, courut à elle sur-le-champ, en s'écriant:— Ullà, Ulla Troil, aidez-moi à sauver notre malheureux fils !

— Je ne réponds pas à ce nom, dit Norna; je l'ai abandonné aux vents de la nuit qui m'a coûté un père.

— Ne parlez pas de cette nuit d'horreur ; nous avons besoin de toute notre raison : ne pensons pas à des souvenirs qui pourroient nous la faire perdre ; mais aidez-moi, si vous le pouvez, à sauver notre infortuné fils.

— Il est déjà sauvé, Vaughan, — sauvé depuis long-temps. Croyez-vous que la main d'une mère, — d'une mère telle que moi, ait attendu votre secours tardif et impuissant ? Non, Vaughan, je ne me suis fait connoître à vous que pour vous montrer mon triomphe sur vous. C'est la seule vengeance que la puissante Norna se permette de tirer des injures faites à Ulla Troil.

— L'avez-vous véritablement sauvé ? — N'est-il plus avec cette bande d'assassins ? — Parlez, dites-moi la vérité. — Je croirai tout, — tout ce que vous voudrez que je croye. — Prouvez-moi seulement qu'il leur a échappé, qu'il est en sûreté !

— Il leur a échappé, il est en sûreté, et c'est grâce à moi. — Oui, il est en sûreté, et assuré d'une heureuse et honorable alliance. Oui, homme de peu de foi, oui, infidèle,

qui placez toute votre confiance sur vous-
même, telles furent les œuvres de Norna.
— Il y a bien des années que je vous ai re-
connu, mais je n'ai voulu me faire connoître à vous que triomphante de la certitude
que j'avois maîtrisé la destinée qui mena-
çoit mon fils. — Tout se combinoit contre
lui ; des planètes lui annonçoient la mort
au sein des eaux, d'autres se couvroient de
sang. — Mais ma science l'a emporté. J'ai
arrangé, combiné, détruit leur influence.
J'ai trouvé, j'ai créé des moyens pour dé-
tourner tous les désastres. — Et quel est
l'infidèle sur la terre, quel est le démon habitant au-delà des limites de ce globe, qui
osera désormais nier ma puissance ?

L'air d'enthousiasme et de triomphe avec
lequel elle s'exprimoit ressembloit si bien à
l'égarement d'esprit, que Mertoun lui répondit : — Si vos prétentions étoient moins
élevées, si vos discours étoient un peu plus
clairs, je me trouverois plus assuré de la
sûreté de mon fils.

— Continuez donc à douter, vain sceptique, répliqua Norna. — Et cependant sa-

chez que non-seulement mon fils est en sûreté, mais que je vais être vengée, sans
l'avoir cherché, — oui, vengée de l'agent
puissant des sombres influences par qui mes
projets furent si souvent contrariés; de celui par qui les jours de mon fils furent si
souvent mis en danger. — Oui; et pour
preuve de la vérité de mes paroles, appre-
nez que Cleveland, — le pirate Cleveland,
— entre en ce moment dans Kirkwall, prisonnier, et qu'il expiera de sa vie le crime
d'avoir versé quelques gouttes d'un sang qui
avoit pris sa source dans le sein de Norna.

— Quel est celui que tu dis prisonnier ?
s'écria Mertoun d'une voix de tonnerre;
Quel est celui qui doit expier ses crimes de
sa vie ?

— Cleveland, — le pirate Cleveland, répondit Norna. Et c'est moi, moi, dont il a
méprisé les conseils, qui ai permis qu'il su-
bit son destin.

— Eh bien, la plus misérable des femmes,
s'écria Mertoun en parlant entre ses dents
serrées, tu as causé la mort de ton fils
comme celle de ton père!

— De mon fils! — quel fils? — que voulez-vous dire? s'écria Norna. Mordaunt est votre fils, — votre fils unique. — Ne l'est-il pas? — Répondez-moi vite! — Ne l'est-il pas?

— Oui, répondit Mertoun, Mordaunt est mon fils. — Du moins la loi lui donne droit à ce titre. — Mais, malheureuse Ulla, Cleveland est votre fils comme le mien, — le sang de notre sang, — la chair de notre chair; et si vous l'avez livré à la mort, je finirai avec lui ma misérable vie.

— Ecoutez-moi, Vaughan, écoutez-moi. Je ne suis pas encore vaincue. — Prouvez-moi la vérité de ce que vous me dites, et je trouverai des secours, dussé-je évoquer les enfers! — Mais il me faut des preuves; je ne puis croire à vos paroles.

— Toi le secourir! — Misérable femme! A quoi t'ont servi tes combinaisons, tes stratagèmes, tes intrigues, ton charlatanisme d'aliénation d'esprit? — Et cependant je vous parlerai comme à un être doué de raison; je consens même à vous regarder comme toute-puissante. Écoutez-moi donc,

Ulla; vous allez avoir les preuves que vous
me demandez, et trouvez ensuite un re-
mède, si vous le pouvez.

— Lorsque je m'enfuis des îles Orcades,
continua-t-il après un moment de silence,
il y a maintenant vingt-cinq ans, j'emmenai avec moi le malheureux enfant auquel
vous aviez donné le jour. Une de vos parentes me l'avoit envoyé, en me faisant dire
que vous étiez fort mal, et bientôt après le
bruit de votre mort se répandit généralement. Il ne serviroit à rien de vous dire
dans quelle situation d'esprit je quittai l'Eu-
rope. Je me réfugiai à Saint-Domingue,
une jeune et belle Espagnole se chargea
d'être ma consolatrice, je l'épousai, et elle
devint mère du jeune homme qui porte le
nom de Mordaunt Mertoun.

— Vous l'épousâtes ! dit Norna d'un ton
de reproche.

— Je l'épousai, Ulla; mais elle prit soin
de vous venger. Elle me fut infidèle, et son
infidélité me laissa des doutes sur la légiti-
mité de Mordaunt. — Mais je fus vengé à
mon tour.

— Vous la fîtes périr ! dit Norna en poussant un cri d'effroi.

— Je fis, dit Mertoun, sans répondre directemeut à sa question, ce qui me força de quitter Saint-Domingue à la hâte. J'emmenai notre fils avec moi à la Tortue, où j'avois une petite habitation, et je plaçai à Port-Royal, Mordaunt qui avoit trois ou quatre ans de moins que Clément, résolu de pourvoir à tous ses besoins, mais de ne jamais le revoir. — Clément avoit quinze ans quand notre habitation fut pillée par les Espagnols. Le besoin vint à l'aide du désespoir et d'une conscience bourrelée de remords. Je devins pirate, et j'élevai Clément dans ce détestable métier. Malgré sa grande jeunesse, sa bravoure et les connoissances qu'il ne tarda pas à acquérir lui valurent bientôt le commandement d'un navire. Deux ou trois ans se passèrent ; et tandis que mon fils et moi nous croisions de différens côtés, mon équipage se révolta contre moi, et me laissa pour mort sur les côtes d'une des îles Bermudes. Je revins pourtant à la vie, et après une longue maladie, mon premier soin fut de chercher à me procurer des nouvelles de Clément. J'appris que son équipage s'étoit également révolté contre lui; qu'on l'avoit abandonné sur une petite île déserte et stérile, et j'en conclus qu'il y avoit péri de faim et de misère.

— Et qui vous assure qu'il n'est pas mort ?

— Comment pouvez-vous identifier ce Cleveland avec Clément Vaughan ?

— Changer de nom est une chose commune parmi ces aventuriers, et Clément avoit sans doute pensé que celui de Vaughan étoit devenu trop connu. Ce changement de nom m'empêcha d'en recevoir aucune nouvelle. Ce fut alors que les remords s'emparèrent de moi, et que, prenant en horreur toute la nature, mais surtout le sexe auquel Louisa appartenoit, je résolus de faire pénitence le reste de ma vie dans une contrée sauvage, dans les îles Schetland. Pour la rendre plus sévère, j'y amenai avec moi le jeune et malheureux Mordaunt, afin d'avoir toujours sous les yeux un souvenir vivant de ma misère et de mon crime. J'ai exécuté ce dessein, et je l'ai si bien exécuté, que la raison a plus d'une fois tremblé sur son trône. — Et maintenant, pour l'égarer à jamais, voici mon Clément, ce Clément que je puis appeler indubitablement mon fils, qui revient à la vie pour subir une mort infâme par les manœuvres de sa propre mère.

— Ha ! ha ! ha ! s'écria Norna en riant, quand il eut cessé de parler ; l'histoire est excellente ! Elle est parfaitement imaginée par le vieux pirate qui veut me déterminer à secourir par ma puissance le compagnon de ses crimes. — Comment aurois-je pu prendre Mordaunt pour mon fils, s'il existe une différence d'âge telle que vous le prétendez?

— Son teint brun, sa taille avantageuse peuvent avoir contribué à vous faire illusion. La force de l'imagination aura fait le reste.

— Mais donnez-moi des preuves certaines que ce Cleveland est mon fils, et le soleil se couchera à l'orient avant qu'on puisse lui arracher un cheveu de la tête.

— Ces papiers, ces journaux, dit Mertoun en lui remettant le portefeuille.

— Je ne saurois lire, dit-elle après un effort infructueux, ma vue est trouble.

— Clément auroit pu vous donner encore d'autres preuves; mais ceux qui l'ont fait pri-

sonnier s'en seront sans doute emparés. Il
avoit, entre autres choses, une chaîne d'or
une boîte d'argent, portant une inscription
en caractères runiques, dont vous m'avie
vous-même fait présent dans un temps plus
heureux.

— Une boîte d'argent ! s'écria vivement
Norna. Cleveland m'en a donné une il n'y
a que vingt-quatre heures. Je ne l'ai pas en
core regardée.

Elle la prit dans sa poche, l'examina, lut
l'inscription gravée sur le couvercle, et s'é-
cria : — C'est maintenant qu'on peut m'appeler la Reim Kennar (1), car je connois par
ces vers que je suis la meurtrière de mon
fils comme j'ai été celle de mon père.

La conviction de l'illusion qu'elle s'étoit
faite à elle-même l'accabla tellement, qu'elle
tomba sans connoissance au pied d'un des piliers. Mertoun cria au secours, sans espérance

---

(1) Ce mot signifie une personne instruite dans la
science des vers, ou, pour mieux dire, des charmes
qui, d'après la croyance des Norses, s'opéroit par le
moyen de vers runiques.

(*Note du traducteur.*)

d'en obtenir. Le vieux bedeau arriva pourtant à ses cris, et le malheureux père, ne comptant pour rien l'aide de Norna, sortit à la hâte de l'église pour aller s'informer du sort de son fils.

nunumumumumumumumumumumumumumumumum

# CHAPITRE XII.

« Partez vite , et tâchez d'obtenir un sursis. »

*L'opéra du Mendiant.*

AVANT l'instant dont nous venons de parler , le capitaine Weatherport s'étoit rendu lui-même à Kirkwal, où les magistrats l'avoient accueilli avec autant de joie que de reconnoissance. Ils s'étoient assemblés pour le recevoir, et le prévôt en particulier lui dit qu'il rendoit grâce à la providence d'avoir amené *l'Alcyon* à l'instant où le pirate ne pouvoit lui échapper. Le capitaine le regarda d'un air surpris. — Vous pouvez , monsieur, lui dit-il, en rendre grâce à l'avis que vous m'avez donné vous-même.

— Que je vous ai donné , monsieur! dit le prévôt fort étonné.

— Oui, monsieur; n'êtes-vous pas George

Torfe, premier magistrat de Kirkwall? N'est-ce pas vous qui m'avez adressé cette lettre?

Le prévôt, plus surpris que jamais, prit la lettre adressée au capitaine Weatherport, commandant *l'Alcyon*, et qui lui annonçoit l'apparition des pirates sur la côte, leur force, etc. Mais on y ajoutoit qu'ils avoient appris que *l'Alcyon* croisoit dans ces parages, et qu'ils avoient dessein d'éviter sa poursuite en se retirant dans des bas-fonds, dans les détroits qui séparent les îles; qu'au pis aller, ils étoient assez déterminés pour faire échouer leur sloop, et mettre le feu aux poudres, ce qui feroit perdre un riche butin. On disoit ensuite que *l'Alcyon* feroit bien de croiser deux ou trois jours entre le promontoire de Duncansbay et le cap Wrath, pour dissiper les alarmes que son voisinage donnoit aux pirates, et leur inspirer de la sécurité, d'autant plus que l'auteur de la lettre étoit assuré que leur intention, si la frégate quittoit la côte, étoit d'entrer dans la baie de Stromness, et de porter leurs canons à terre, afin de faire quelques réparations à leur navire, et même de le radouber. La lettre finissoit par assurer le capitaine

Weatherport que , si *l'Alcyon* se montroit
dans la baie de Stromness dans la matinée
du 24 août, il auroit bon marché des pirates;
mais que, s'il paroissoit plus tôt, il étoit
probable qu'ils lui échapperoient.

— Cette lettre n'est pas de mon écriture,
capitaine, dit le prévôt, et cette signature
n'est pas la mienne. Je ne me serois pas même
hasardé à vous conseiller de tarder si long-
temps à venir dans ces parages.

Le capitaine Weatherport fut surpris à son
tour. — Tout ce que je sais, dit-il, c'est que
je l'ai reçue dans la baie de Thurso, et que
j'ai donné cinq shillings à l'équipage de la
barque qui me l'a apportée, parce qu'il avoit
traversé le bras de mer de Pentland par un
fort gros temps. Le patron de cette barque
étoit un nain muet, la plus hideuse créature
que j'aie jamais vue. — J'admirois l'exacti-
tude des renseignemens que vous vous étiez
procurés, monsieur le prévôt.

— Il est heureux que tout se soit passé
ainsi, dit le prévôt, et cependant j'ai dans
l'idée que l'auteur de cette lettre auroit voulu
que vous trouvassiez le nid froid et les oiseaux envolés.

En parlant ainsi, il passa la lettre à Magnus Troil, qui la lui rendit en souriant, mais sans faire aucune observation, voyant sans doute, comme nos lecteurs, que Norna avoit de bonnes raisons pour connoître d'une manière si précise l'instant où la frégate arriveroit.

Sans se mettre l'esprit à la torture pour expliquer une circonstance qui paroissoit inexplicable, le capitaine Weatherport demanda qu'on procédât à l'interrogatoire des pirates. On amena d'abord Cleveland et Altamont, nom que Bunce avoit pris, comme prévenus d'avoir exercé parmi eux les fonctions de capitaine et de lieutenant. On commençoit à peine à les interroger quand, après quelque altercation avec les officiers qui gardoient la porte, Basile Mertoun s'élança dans l'appartement.

— Je vous apporte une victime, s'écriat-il; prenez ma vie et épargnez celle de mon fils : — je suis Basile Vaughan, et ce nom n'a été que trop connu dans les mers des Antilles.

La surprise fut générale, mais personne

n'en éprouva une plus grande que Magnus
Troil. Il se hâta d'expliquer aux magistrats
et au capitaine Weatherport que l'homme
qui venoit s'accuser ainsi demeuroit depuis
bien des années dans la principale des îles
Schetland, et y avoit toujours vécu d'une
manière paisible et irréprochable.

— En ce cas, il n'a rien à craindre, dit
Weatherport, car il y a eu depuis ce temps
deux proclamations d'amnistie pour tous
ceux qui renonceroient à ce métier; et, sur
mon âme, quand je les vois tous deux s'embrasser si tendrement, je voudrois pouvoir
en dire autant du fils.

— Mais que veut dire ceci? — Comment
cela se peut-il? demanda le prévôt. Nous
avons toujours connu ce vieillard sous le
nom de Mertoun, et ce jeune homme sous
celui de Cleveland; et maintenant les voilà
qui se nomment tous deux Vaughan!

— Vaughan, dit Magnus, est un nom que
j'ai quelques raisons pour me rappeler; et
d'après ce que j'ai appris récemment de ma
cousine Norna, ce vieillard a droit de le
porter.

— Et ce jeune homme aussi, j'espère, dit Weatherport, qui, pendant ce temps, avoit feuilleté un petit registre de poche en forme de portefeuille. — Ecoutez-moi un instant, dit-il en s'adressant au jeune Vaughan, que nous avons jusqu'ici nommé Cleveland. — Vous vous nommez, dit-on, Clément Vaughan. Etoit-ce vous qui, bien jeune encore, commandiez, il y a huit ou neuf ans, une bande de pirates qui pilla à cette époque un village situé sur les côtes de la Nouvelle-Espagne, nommé Quempoa, dans l'espoir d'y saisir un trésor ?

— Il ne me serviroit à rien de le nier, répondit le prisonnier.

— Non, reprit Weatherport, mais il peut vous servir à quelque chose de l'avouer. Revenons-y donc. — Les muletiers se sauvèrent avec le trésor, pendant que vous étiez occupé à protéger, au risque de votre vie, l'honneur de deux dames espagnoles contre la brutalité de vos gens. — Vous en souvenez-vous ?

— A coup sûr, je m'en souviens, s'écria Jack Bunce ; car c'est pour cela que les coquins abandonnèrent notre capitaine sur une île déserte, et je manquai de passer par les verges pour avoir pris son parti.

—Ce fait bien établi, reprit Weatherport, la vie du jeune Vaughan est en sûreté. — Les dames qu'il sauva étoient des femmes de la première qualité, filles du gouverneur de la province; et leur père reconnoissant s'adressa, il y a bien long-temps, à notre gouvernement pour obtenir qu'on fît grâce à leur libérateur. J'avois des ordres spéciaux relativement à Clément Vaughan, lorsque je fus chargé de croiser contre les pirates dans les Indes occidentales, il y a six à sept ans; mais le nom de Vaughan n'y étoit plus connu, et je n'entendois plus parler que de Cleveland. Ainsi donc, jeune homme, si vous êtes Clément Vaughan, je crois pouvoir vous assurer d'un plein pardon quand vous arriverez à Londres.

Cleveland le salua, et le sang lui monta au visage. Mertoun tomba à genoux, et rendit force actions de grâces à la Providence. Tous les spectateurs étoient émus de cette scène attendrissante. Enfin on leur dit de se retirer, et l'on continua l'interrogatoire.

— Et maintenant, M. le lieutenant, dit le capitaine Weatherp ort au ci-devant Roscius, qu'avez-vous à alléguer en votre faveur ?

— Peu de chose, ou rien, répondit Bunce, si ce n'est que je voudrois bien que vous trouvassiez mon nom écrit dans le petit livre de merci que vous tenez en main, car j'étois à côté du capitaine Clément Vaughan pendant toute cette affaire de Quempoa.

— Vous vous nommez Frédéric Altamont, dit le capitaine ; ce nom ne s'y trouve pas ; je n'y vois que celui d'un Jack Boune, ou Bunce, que ces dames recommandèrent aussi à merci.

— Eh mais ! c'est moi, capitaine ; — c'est moi-même, — je puis le prouver ; quoique le son de ce nom soit un peu plébéien, c'est une chose décidée, j'aime mieux vivre comme Jack Bunce que d'être pendu comme Frédéric Altamont.

— En ce cas, dit le capitaine, si vous êtes Jack Bunce, je puis vous donner des espérances.

— Grand merci ! s'écria Bunce ; mais chan-

geant de ton tout à coup : Puisqu'un changement de nom a tant de vertu, dit-il, le
pauvre Fletcher auroit peut-être pu se tirer
d'affaire sous celui de Timothée Tugmutton ;
mais, quoi qu'il en soit, voyez-vous, pour
me servir d'une de ses phrases.....

— Qu'on fasse sortir le lieutenant, dit
Weatherport, et qu'on amène Goffe et ces
autres drôles. — Je crois qu'il y en a plus
d'un pour qui il faudra faire la dépense d'une
corde. Cette prédiction promettoit de se vé-
rifier, tant les preuves de leurs crimes étoient
fortes et nombreuses.

Deux jours après, tous les prisonniers
furent reconduits à bord de *l'Alcyon*, qui
mit à la voile pour les transporter à Londres.

Pendant le temps que l'infortuné Cleveland passa à Kirkwall, il fut traité avec
civilité par le capitaine de *l'Alcyon* ; et
Magnus Troil, qui savoit en secret qu'il
existoit entre eux une assez proche relation
de parenté, eut soin qu'il ne manquât de
rien, et lui prodigua toute sorte d'attentions.

Norna, qui prenoit encore un intérêt plus
vif au malheureux prisonnier, étoit alors hors

d'état de l'exprimer. Le bedeau l'avoit trouvée évanouie sur le marbre ; quand elle re-
vint à elle, elle avoit perdu la raison, et l'on
fut obligé de placer près d'elle plusieurs
personnes pour la surveiller.

Tout ce que Cleveland apprit des deux
sœurs de Burgh-Westra, ce fut qu'elles
étoient indisposées par la frayeur qu'elles
avoient éprouvée ; mais, la veille de son départ, on lui remit en secret le billet suivant:

« Adieu, Cleveland, nous nous séparons
« pour toujours, et il est juste que nous nous
« séparions. — Soyez vertueux, soyez heu-
« reux ! Les illusions dont m'avoient entou-
« rée mon éducation solitaire et mon inexpé-
« rience sont dissipées, et le sont pour tou-
« jours. — Mais en ce qui vous concerne, je
« suis sûre que je ne me suis pas trompée en
« vous regardant comme un homme pour qui
« le bien a naturellement plus d'attraits que
« le mal, et que la nécessité, l'exemple et l'ha-
« bitude ont précipité dans la funeste carrière
« que vous avez suivie jusqu'ici. — Pensez à
« moi comme à quelqu'un qui n'existe plus, à
« moins que vous ne deveniez digne d'autant
« d'éloges que vous méritez maintenant de

« reproches. Alors songez à moi comme à un
« être qui s'intéressera toujours à vous quoi-
« que je ne doive plus vous revoir. »

Ce billet étoit signé M. T., et Cleveland,
avec une émotion portée jusqu'aux larmes, le
lut et relut cent fois, et le serra ensuite avec
soin dans son sein.

Mordaunt reçut aussi une lettre de son
père, mais dans un style tout différent. Basile
Mertoun, en lui disant adieu pour toujours,
ajoutoit qu'il le dispensoit à l'avenir de remplir à son égard les devoirs d'un fils, attendu
que, malgré des efforts continués pendant
bien des années, il n'avoit jamais pu lui accorder l'affection d'un père. Il lui faisoit connoître une cachette qu'il avoit pratiquée dans le
vieux château d'Iarlshof, et où il avoit déposé
une somme considérable en argent comptant
et en effets précieux. Vous pouvez, lui disoit-
il, vous en servir sans scrupule, ce ne sont
point des produits de piraterie, et vous ne
m'en aurez aucune obligation, car c'est la fortune de votre mère Louisa Gonzago, et par
conséquent elle vous appartient de droit.
Pardonnon-snous mutuellement nos fautes,

en gens qui ne se reverront plus. Et effectivement ils ne se revirent plus ; car Basile ,
contre qui on n'intenta jamais aucune accusation , disparut aussitôt que le destin de Cleveland fut déterminé. On crut généralement
qu'il s'étoit retiré en pays étranger , et qu'il y
étoit entré dans un couvent.

On fut instruit du sort de Cleveland par
une lettre que Minna en reçut deux mois
après que *l'Alcyon* eut quitté Kirkwall.
Toute la famille étoit alors réunie à Burgh-
Westra , et Mordaunt s'y trouvoit aussi, le
bon Udaller croyant qu'il ne pourroit jamais
lui faire trop bon accueil après le service
qu'il avoit rendu à ses filles. Norna , qui
commençoit à revenir de son aliénation d'esprit momentanée , étoit alors chez Magnus ;
et Minna , infatigable dans les soins qu'elle
prodiguoit à cette malheureuse victime des
illusions de son esprit, étoit assise près d'elle ,
voyant avec plaisir les symptômes qui annonçoient le retour de sa raison, quand on lui
remit la lettre dont nous venons de parler.

— Minna , disoit Cleveland , chère
Minna , adieu pour toujours ! — Croyez bien

que je n'ai jamais nourri la moindre pensée
criminelle contre vous. Du moment que je
vous vis, je résolus de me séparer de mes
compagnons, et je formai mille projets qui
furent aussi vains que je le méritois ; car
pourquoi le destin d'une créature si aimable,
si pure, si innocente, auroit-il été uni à celui
d'un être si coupable ? — Je ne parlerai plus
de ces rêves ; mon sort est sévère, mais beaucoup moins rigoureux que je ne m'y attendois,
et que je ne l'avois mérité. Le peu de bien que
j'avois fait a balancé dans l'esprit de juges honorables et miséricordieux beaucoup de mal
que j'avois à me reprocher. Non-seulement
j'ai été soustrait à la mort ignominieuse à laquelle ont été condamnés plusieurs de mes
compagnons; mais, comme il paroît que nous
allons être en guerre avec l'Espagne, le capitaine Weatherport, qui va croiser dans les
mers des Indes occidentales, a généreusement
demandé la permission de m'employer sous
ses ordres avec deux ou trois des moins coupables de mes compagnons. Cette mesure lui
a été suggérée par une généreuse compassion,
et elle a été adoptée, parce qu'on a pensé que
nous pourrions nous rendre utiles par la connoissance que nous avons de ces côtes et de

ces mers, de quelque manière que nous
l'ayons acquise. Nous espérons ne plus l'employer que pour le service de notre patrie.
Minna, si vous entendez jamais désormais
prononcer mon nom, ce sera avec honneur.
—Si la vertu peut assurer le bonheur, je
n'ai pas besoin de faire des vœux pour le
vôtre, car vous devez déjà en jouir.—Adieu,
Minna, adieu pour toujours.

Minna versa des larmes si amères en lisant
cette lettre, qu'elle attira l'attention de Norna, qui n'étoit encore que convalescente. La
vieille Reim Kennar l'arracha des mains de sa
jeune parente, et la lut d'abord avec l'air
d'une personne à qui cette lecture n'apprend
rien.— Elle la relut, et quelques souvenirs
parurent frapper son esprit.—Enfin, à la
troisième lecture, la joie et le chagrin semblèrent l'agiter tour à tour, et la lettre lui
tomba des mains. Minna la ramassa bien
vite, et se retira, avec ce trésor, dans son
appartement.

Depuis ce moment, Norna parut prendre
un caractère tout différent. Elle quitta les
vétemens qu'elle avoit adoptés, et en prit d'un
genre plus simple et moins imposant. Elle

congédia son nain, après avoir libéralement
pourvu à ce qu'il pût vivre à l'abri du besoin.
Jamais elle ne montra le désir de reprendre
sa vie errante, et elle fit démanteler son obser-
vatoire de Fitful-Head, comme on pouvoit
appeler cette habitation. Elle ne répondit plus
au nom de Norna, et ne voulut plus qu'on lui
en donnât d'autre que celui qui lui appartenait
réellement, celui d'Ulla Troil. Mais il reste
à parler du changement le plus important qui
s'opéra en elle. Dans le désespoir auquel l'a-
voient livrée les circonstances de la mort de
son père, elle sembloit s'être regardée comme exclue à jamais de la grâce divine; tout
occupée des vaines sciences occultes qu'elle
prétendoit pratiquer, ses études, comme celles du médecin de Chaucer, ne s'étendaient
pas jusqu'à la Bible; maintenant ce livre sacré
ne la quittoit plus; et quand de pauvres ignorans venoient, comme autrefois, invoquer
son pouvoir sur les élémens, elle leur répondoit: Les vents sont dans la main du Seigneur.
Sa conversion ne fut peut-être pas tout-à-
fait raisonnable; le désordre d'un esprit dé-
rangé par une complication d'incidens horribles y mettoit obstacle; mais elle parut sin-

re, et elle lui fut certainement utile. Elle parut se repentir profondément de la présomption qui l'avoit fait prétendre à diriger le cours des événemens, subordonnés à une main toute-puissante, et elle exprimoit une componction véritable quand quelque chose rappeloit à son souvenir ses anciennes prétentions. Elle continua à montrer un vif attachement pour Mordaunt, quoique ce fût probablement une affaire d'habitude, car il n'étoit pas facile de voir jusqu'à quel point elle se rappeloit les événemens compliqués auxquels elle avoit pris part. Lorsqu'elle mourut, ce qui arriva environ quatre ans après les derniers événemens que nous venons de rapporter, on vit que, conformément aux vives prières de Minna, elle avoit légué à Brenda toutes ses propriétés, qui étoient considérables. Une clause spéciale de son testament ordonnoit qu'on livrât aux flammes tous ses livres, tous les instrumens de son laboratoire, en un mot, tout ce qui pouvoit avoir rapport à ses anciennes études.

Environ deux ans avant la mort de Norna, Brenda épousa Mordaunt Mertoun, ou pour mieux dire, Vaughan. Il fallut tout ce temps

avant que le vieux Magnus Troil, malg[...]
son affection pour Brenda et son estime pour
Mordaunt, pût se résoudre à consentir à ce
mariage ; mais les bonnes qualités de Mordaunt avoient gagné le cœur de l'Udaller, et
le vieillard sentit si bien l'impossibilité de
trouver un gendre qui lui convînt mieux,
que son sang norse céda enfin aux mouvemens de la nature. Il se consola en jetant les
yeux autour de lui ; en voyant ce qu'il appeloit les usurpations de la petite noblesse écos-
soise sur *le pays*, car c'est ainsi que les naturels des îles Schetland aiment à nommer
leur patrie ; et il pensa qu'il valoit autant que
sa fille épousât le fils d'un pirate anglais que
celui d'un brigand écossais ; allusion mépri-
sante qu'il faisoit aux montagnards et aux
habitans des frontières d'Ecosse, aux fa-
milles desquels les îles Schetland doivent un
grand nombre de respectables propriétaires,
mais dont les ancêtres étoient généralement
plus renommés pour l'ancienneté de leur famille et l'impétuosité de leur courage que
par un respect bien exact pour ces distinc-
tions futiles entre *le mien* et *le tien*. Le
joyeux vieillard vécut jusqu'à un âge très-

avancé, heureux de voir une famille nom-
breuse s'élever sous les yeux de sa filles cadet-
te, et ayant sa table alternativement égayée
par les chants de Claude Halcro, et éclairée
par les doctes élucubrations de Triptolème
Yellowley; celui-ci, renonçant à ses hautes
prétentions, connoissant mieux les mœurs des
insulaires parmi lesquels il vivoit, et se rappelant les divers accidens auxquels l'avoient
exposé ses tentatives prématurées de perfec-
tionnement, étoit devenu un honnête et utile
représentant du lord Chambellan, et ne se
trouvoit jamais plus heureux que quand il
pouvoit échapper au régime rigoureux que
lui faisoit observer sa sœur, pour aller occuper une place à la t    le bien servie du digne
Udaller. Le caractere de miss Barbara devint
pourtant moins aigre quand elle se revit en
possession de la fameuse corne pleine d'anciennes pièces de monnoie d'or et d'argent.
C'étoit à Norna qu'appartenoit ce petit trésor,
et elle l'avoit caché dans l'endroit où il avoit
été trouvé, par suite de quelques idées supers-
titieuses, afin de réussir dans quelqu'un de
ses plans visionnaires. Mais en le renvoyant
à ceux à qui le hasard l'avoit fait découvrir,

elle eut soin de faire dire à Miss Baby qu'il disparoîtroit de nouveau, si elle n'en employoit une portion raisonnable pour les besoins de la famille; précaution à laquelle Tronda Dronsdaughter, qui avoit probablement servi d'agent à Norna dans cette affaire, eut sans doute l'obligation de ne pas mourir lentement d'inanition.

Mordaunt et Brenda furent aussi heureux que le permet notre condition mortelle. Ils s'aimoient, ils vivoient dans l'aisance, ils ne négligeoient aucun des devoirs qu'ils avoient à remplir; et ayant une conscience aussi pure que la lumière du jour, ils rioient, chantoient, dansoient, et étoient heureux l'un par l'autre, sans s'inquiéter du reste du monde.

Mais Minna, Minna dont l'âme étoit si élevée, dont l'imagination étoit si vive, douée de tant de sensibilité et d'enthousiasme, et condamnée à voir l'une et l'autre se flétrir dans la fleur de sa jeunesse, parce qu'avec l'ignorance et l'inexpérience d'un caractère romanesque, elle avoit construit sur le sable et non sur un rocher l'édifice de son bonheur, étoit-elle heureuse, pouvoit-elle l'être? Oui, lecteur, elle étoit heureuse; car, quoi qu'en

puisse dire le sceptique, à chaque devoir
qu'on accomplit est attaché un certain degré
de satisfaction mentale ; et plus la tâche que
nous avons à remplir est difficile, plus un sentiment intérieur nous récompense des efforts
qu'elle nous coûte. Le repos du corps qui
succède à de pénibles travaux ne peut se comparer au repos dont jouit l'esprit dans de semblables circonstances. Sa résignation, ses attentions constantes pour son père, pour sa
sœur, pour la malheureuse Norna, ne furent
pourtant ni la seule, ni la plus précieuse
source de ses consolations. De même que
Norna, mais avec un jugement plus éclairé,
elle apprit à changer les visions d'un enthousiasme aveugle qui avoit égaré son imagination, pour une liaison plus intime et plus
pure avec ce monde qui est au-dessus de
notre intelligence bornée, que celle qu'auroient pu lui procurer tous les *sagas* des
anciens Norses, et les rêveries des Bardes
plus modernes. Ce fut à cette disposition
d'esprit qu'après avoir été informée à diverses époques de faits honorables et glorieux
pour Cleveland, elle dut la force de pouvoir
apprendre avec résignation, et même avec

un sentiment dont le chagrin n'étoit pas
sans douceur, qu'il avoit enfin perdu la vie
en conduisant avec bravoure une entreprise
importante dont il avoit été chargé, et qui
réussit par l'intrépidité de ceux à qui son
courage avoit ouvert le chemin. Bunce, qui
le suivoit alors dans la carrière des vertus,
comme il l'avoit suivi autrefois dans celle
des vices, rendit compte à Minna de ce
triste événement dans des termes qui prou-
voient que, quoique sa tête fût légère, son
cœur n'avoit pas été entièrement corrompu
par la vie désordonnée qu'il avoit menée
pendant quelque temps, ou du moins qu'il
s'étoit amendé. Il s'étoit distingné dans la
même action, et avoit obtenu de l'avance-
ment, ce qui ne sembloit le consoler que
bien foiblement de la perte de son ancien
capitaine (1). Minna lut cette nouvelle, et,
levant vers le ciel des yeux baignés de larmes, elle lui rendit grâces de ce que Cle-

---

(1) Nous n'avons pu rien apprendre de certain sur
le sort de Bunce ; mais notre ami le docteur Dryasdust
croit qu'on peut l'identifier avec un vieillard qui, au
commencement du règne de George I.er, alloit réguliè-

veland étoit mort au lit d'honneur. Elle eut
même le courage de lui offrir un tribut de re
connoissance pour avoir soustrait son amant
aux tentations qui auroient pu être bien fortes pour un cœur encore si neuf dans la pratique de la vertu. Cette réflexion produisit un
tel effet sur elle, que lorsque le premier moment de douleur fut passé, elle montra non-
seulement autant de résignation, mais plus
d'enjouement que jamais. Cependant ses
pensées étoient détachées de ce monde, et,
semblable à un ange gardien, elle ne les y
reportoit que dans un tendre intérêt pour les
parens qu'elle chérissoit, ou pour les pauvres
qu'elle soulageoit.

Ce fut ainsi qu'elle passa toute sa vie, jouis-
sant de l'affection et du respect de tout ce qui
l'approchoit; et quand ses parens eurent à
pleurer sa mort, qui n'arriva qu'à un âge fort
avancé, ils se consolèrent en pensant que

---

rement tous les soirs au café de la Rose, et de là au
spectacle; qui contoit sans merci de longues histoires
sur la Nouvelle-Espagne; qui juroit contre les garçons;
qui ne payoit jamais sans bien examiner la carte; et qui
étoit connu sous le nom de *capitaine Bounce.*

l'enveloppe mortelle dont elle venoit de se dépouiller étoit la seule chose qui, suivant les paroles de l'écriture, — l'avoit placée un peu au-dessous des anges.

## FIN.

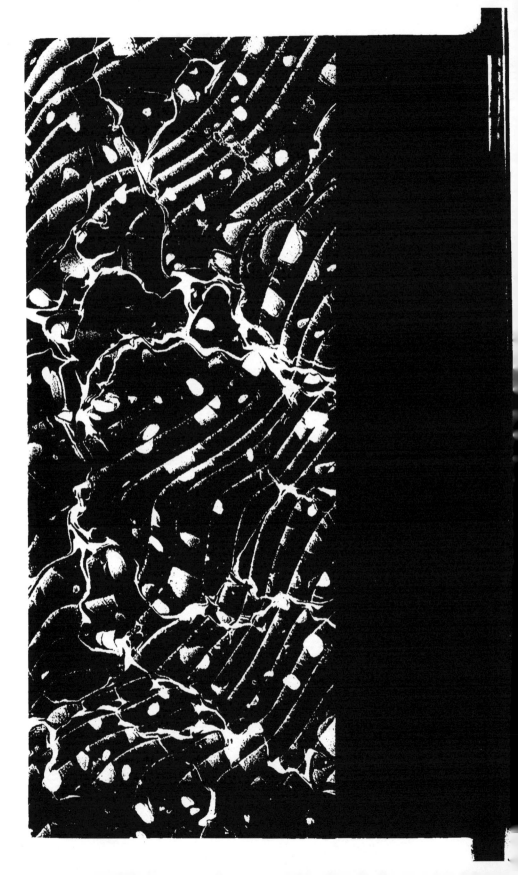

Imprimé en France
FROC011329220120
23240FR00014BC/242/P